跋涉之旅

邢民结构设计实鉴

邢 民 著

大连理工大学出版社

图书在版编目(CIP)数据

跋涉之旅：邢民结构设计实鉴／邢民著.—大连：大连
理工大学出版社，2008.9
ISBN 978-7-5611-4384-1

Ⅰ.跋…　Ⅱ.邢…　Ⅲ.建筑结构—结构设计　Ⅳ.TU318

中国版本图书馆CIP数据核字（2008）第137504号

出版发行：大连理工大学出版社
　　　　　（地址：大连市软件园路80号　邮编：116023）
印　　　刷：利丰雅高印刷（深圳）有限公司
幅面尺寸：185mm×260mm
印　　　张：16.25
出版时间：2008年9月第1版
印刷时间：2008年9月第1次印刷
责任编辑：袁　斌　艺　寒
责任校对：李　刚　邢　林
封面设计：温广强

ISBN 978-7-5611-4384-1
定　　价：108.00元

电　话：0411-84708842
传　真：0411-84701466
邮　购：0411-84703636
E-mail: dutp@dutp.cn
URL: http://www.dutp.cn

致　谢

　　想写一本书的念头，始于笔者参加的2006年6月在北京召开的"首届全国建筑结构技术交流会"。

　　那次会议上，当中国的结构工程师们依次介绍完"鸟巢"、"水立方"、"CCTV新办公楼"、"首都机场T3航站楼"、"广州西塔"这些当今中国重点工程的结构设计"经验"之后，奥雅纳（ARUP）的结构专家何伟明先生登台，但他娓娓地向我们道来的却是形成这些结构的"原始创意"从何而来，我们结构工程师们应该如何在"九点之外"找到串起九点的连线……

　　因此，感谢何伟明先生！是他，激发了笔者要写下一本书的"冲动"。

　　还有我的夫人和儿子，他们在知道了我的这种愿望的时候，一直以来都非常坚定地支持我。即便是在我工作最艰难的时刻，他们也始终给予我最大的鼓励和信任。

　　因此，感谢我的家人们！

　　感谢十八年来与笔者在一起工作过的北京市建筑设计研究院的同行们、中建国际（深圳）设计顾问有限公司体育事业部的同行们。为了作品的完整性，作者在本书中引用了一些同事们绘制的部分设计图纸（书中已一一注明绘者），在一个接一个的工程设计实践中，仅仅是为了追求"地球局部面貌改变成功"的那一刻的喜悦和欣慰，我们在一起画横道画竖道，在一起导荷载算效应，在一起办洽商下工地……笔者这些年来所积累的对这个行业的、这个专业的全部感受都受惠于与你们的合作。

　　因此，感谢所有曾经的同事们！

　　我还要感谢这样的一些工程师们，笔者从他们在结构工程设计中所提出的一些不同的观点出发，回溯并不断寻迹结构技术的基本原理，直到有所发现并将其记录在本书中。

因此，也要感谢这些启发作者思考的结构工程师们。

最后，笔者要告诉各位读者的是：本书不是一本揭示结构设计普遍原则的教科书，而仅是作者从自己十八年的结构设计实践中撷取的几个典型工程的结构工程设计实录（间或也有几道算例），还有作者对于"结构设计"这个专业所涉及的一些命题的思考。如果书中的内容能够使你们得到了一些收益，进而激发了你们继续思考的热情，那正是笔者所期望看到的。

所以，无论如何，谢谢你们的选择！

邢 民

2008年4月于北京

目　录

珍视自己的每一步脚印，勤于记录、乐于重温、敢于自嘲、善于修正。

余秋雨

导　言　跋涉之旅

入行——管笔加刀片的年代

十八年前，从七岁开始的连续十七年的学习生涯结束了，靠着在毕业前夕手捧北京市电话号码簿发出的三十多封自荐信赢得的机会，我非常幸运地进入了北京市建筑设计研究院第三设计所从事结构设计工作。

当时，北京院三所七室作为北京市建筑设计研究院的援外设计室，结构专业室里可谓人才济济——郭柏年（当时的室主任）、柯长华（当时的主任工程师）、刘季康、孙跃先、周振源、胡经纶……室里指定周振源前辈（《七八》版国家地基规范的编委）做我的指导老师。

至今依然记得刚到设计院时对"结构设计"这一职业留下来的最初的感受。

报到后的第一件事，就是到院里的行政处领图板、丁字尺、三角尺、计算器、管笔和刀片，到资料室领《规范》。然后在较早入行的同事们的引领下，认识到哪里可以领硫酸纸，到哪里去扎图边，到哪里去晒图……

接下来就是学《规范》（初接触规范条文，对具体内容也是似懂非懂），看既往工程设计图纸，一件至今令我难忘的尴尬的事是：

一日，看某工程的结构平面图，但见图中门洞处有两条"实线"通过——每日过门数次，怎不见此两实线所示之物件？百思不得其解矣，无奈之下只好手捧图纸请师傅明示。师傅看罢，说："请随我来。"

在众目睽睽之下被师傅引至办公室门前，师傅说："请抬头看，是否看见了图中的那两条实线？"，遂抬头，果然，两条"实线"所示之"门洞过梁"赫然在头顶之上通过。

师傅随后点破迷津："注意，北京市院的结构平面图画法为'镜面反射法'，剖切之后要抬起头来向上看，不要低头看脚下"。

惑遂解之。

那时，设计室最典型的景象就是大家趴在图板上，丁字尺、三角板上下翻飞，如果管笔犯毛病不出水了，就需要有节奏地前后摇动（这也是个技术活），图画错了就用刀片刮，刚开始时由于刮擦的技术不好，不是挂漏了硫酸纸（靠胶带纸粘贴补救），就是怎么刮也刮不干净（手执刀片的角度、力度有问题），那时，每每看到老前辈们轻松自如地操纵刀片的精湛技术总是羡慕不已。

今天，手握鼠标的我依然会常常回想起那段岁月，耳边也还会想起前后摇动管笔和刀片刮擦硫酸纸的有节奏的声音……

学步六年间——从制图人到负责人

第一次正式开始设计"工程"是一个近三百平方米的**怀柔水库太阳观测站配套工程**，师傅说："麻雀虽小，五脏俱全"，做工程都是要从"小"做起的。于是，导荷载、查规范、算基础、算楼板、画图、归档、交底、验槽、验收。这些无论多大工程都要一丝不苟地去完成的专业技能就随着一个个"小"的工程设计实践而逐渐积累起来了。

从业的最初六年（1989年到1995年），所参与设计的大部分工程都是规模较小的个体项目，或者是较大项目单项图纸的绘制工作（如基础图、梁详图、楼梯详图等），其中，获得国家级优秀设计一等奖的**吉林雾凇宾馆**项目（1992年9月完成设计——黄薇为工程主持人，陈杰为结构负责人），我负责完成了全部基础结构图的计算和绘图工作，在预制桩基础的设计计算中，自己还编制了FORTRAN计算程序用来验算桩群受力。

从**京北大世界**（1992年12月完成设计——王志云、杨洲为主持人，邢民、孙跃先为结构负责人）这个项目开始，随后如1993年的**大连日本电产工程新建工程**（与日本小野建筑事务所合作，中方工程主持人为潘子凌）、1994年设计完成的**航天部七一一医院门诊楼**（杨洲为工程主持人）等项目，我就逐渐担负起结构专业负责人的责任。

从设计制图人到专业负责人的这个过程是一个很重要的转变，结构设计是一项需要担负一定风险的专业，在结构专业负责人的这个角色上，专业设计团队需要你对某些重要的技术决策作出正确的决定，并且指导设计和制图人去完成全部的结构设计工作，因此，这一角色没有几年的工作积累是很难胜任的。

因此，与其说结构专业负责人是一项荣誉，倒不如说其更是一份责任，而愿意去承担这样一份责任，则正是一个结构工程师趋于成熟的标志。

我是第一名——走在换笔潮流的最前沿

一九九八年，北京市建筑设计院举行了两年一度的青年CAD优秀施工图竞赛，这次竞赛的优胜名次是采取图纸公开展示、观众自发投票的方式进行的。在这次竞赛中，笔者绘制的"全总职工之家扩建配套工程"结构设计系列图纸赢得全院结构专业的第一名。

从管笔加刀片到CAD制图，中国建筑设计的表达手段在20世纪90年代后期经历了一次剧烈的变革，当时有一个口号，叫做"要早日甩掉图板"。几年之间，设计从业者面对的就不再是一面面图板了，取而代之的是一台台电脑（从286、386，到奔腾I、奔腾II、奔腾III……）；

制图软件的变化更是令人眼花缭乱。北京院早期引进的Micstation 并在其基础上自主研发了Hicad，后来，随着大家更加青睐于世界上主流的建筑制图软件Autocad，建筑设计的数据交换更加方便、制图效率也就更加提高了。

如何才能走在这个换笔潮流的最前沿，是那个时候笔者常常思考的问题。记得那时常常去的一个地方就是位于北京公主坟旁边的科技档案馆地下一层的书店，那里有大量的最新的建筑CAD制图方面的书籍，电子工业出版社出版的《AUTOCAD RX 从入门到精通》是笔者每版必买的案头参考书，从R10版到2004版，紧紧跟随其最新功能的变化和发展，并且探索如何在结构表达方面有新的突破。

所以说，取得这次制图竞赛第一名并不是偶然的，是自己长期以来跟踪世界最先进的图纸表达技术的结果。当时，建筑专业有一个叫陶雳的设计师（后来他去了美国）在建筑的立面表达中首先采用了区域灰度控制技术，我即将此种技术用在了结构平面图中用来表达区域板块标高的变化，省却了传统的边界折倒剖面的方式，使结构的平面表达更加清晰，又例如采用不同的灰度表达墙柱、洞口等技术都是笔者率先采用并在北京院三所推广至全院的。

及至后来的**东方广场西回迁楼**、**河南省体育中心体育场**工程，笔者都在结构的设计表达方面进行着新的、渐进的探索，尤其是到了**国家大剧院**工程，203区基础地面标高变化复杂，分布有十三个标高，结构GF层景观水池结构板面标高也有较多变化，笔者都是利用区域灰度控制技术对结构全平面进行了清晰表达。

矢志不移——走上体育建筑结构设计之路

毕业的时候，正赶上北京九零年亚运建筑的建设，北京市建筑设计院在马国馨的统领下承担了其中大部分亚运场馆建筑的设计工作。因为自己刚入院，所以还只能是个旁观者，看着单可民、刘季康等前辈们画就的奥体中心田径场的大气而精致的图纸，真的是非常地羡慕。

下面这张照片我一直珍藏着，那时亚运建筑建设已近尾声，设计院团委组织青年团员们以义务劳动的方式为新建成的亚运建筑清扫建筑垃圾，这张照片就是当时劳动之余我和室里几位年轻的设计师们在田径场平台上的合影。那时，自己对体育建筑结构设计的钟爱就植根于心，立志要在自己几十年的职业生涯中做几个像样的体育建筑。

有机会自己亲自操刀设计第一个体育建筑已经是毕业六年以后的事了，经过多年的技术准备，一九九五年底，承蒙当时北京院三所韦佳福所长的信任，

指定我担任**多哥共和国洛美体育场**（秦中和、杨洲为工程主持人）工程的结构负责人。这个项目在1992年做过了一版初步设计，这次重新开始设计，在规模和结构布置方面都没有太大变化，只是在重新核定原设计的四心圆环向轴网的过程中，发现按原设计标定的圆心在电脑中放样后，四段圆弧不能准确交切，后来经过自己的几何导算后，重新确定了圆心位置（见本书该工程设计专题部分）。

由此之后，体育建筑结构设计就成了自己重要的设计实践方向，这一方面的原因是自己对体育建筑结构设计情有独钟，另一方面的原因，也是随着体育建筑结构设计实践的积累，在把握这类建筑结构设计的原则，在体育建筑结构图纸表达技术上逐渐形成了自己的风格并被大家所认可。

十多年来笔者所设计完成的主要体育建筑结构如下：

➢ 多哥共和国洛美体育场（1996年完成，结构负责人）
➢ 马里共和国3.26体育场（1997年完成，主要设计人）
➢ 烟台市体育中心射击馆（2000年完成，结构负责人）
➢ 河南省体育中心体育场（2000年完成，结构负责人）
➢ 国家游泳中心（水立方）（2004年完成，结构负责人）
➢ 天津奥林匹克水上中心（第一版初设）（2004年完成，结构负责人）
➢ 广州大学城广州大学体育馆（2005年完成，结构负责人）
➢ 内蒙古呼和浩特体育场（2005年完成，结构审定人）
➢ 2008北京奥运会曲棍球、射箭及沙滩排球赛场（2006年完成，结构负责人）
➢ 济南奥林匹克体育中心体育场（第一版初设）（2006年完成，结构负责人）

八年青春献给谁？——国家大剧院与国家游泳中心

2000年，**国家大剧院**项目经过历时近两年（自1998年4月第一轮竞赛始）的前期竞赛、评选、争论，最终决定采用法国ADP公司（巴黎机场建设公司）安德鲁先生的方案。同时，经过在国内几家大设计院之间进行的后期施工图配合单位的竞争，北京市建筑设计研究院被确定为国内施工图设计配合单位。三月份，在韦佳福所长率领下，以三所为骨干、由近三十人组成的以配合法方完善初步设计为目的的中方设计团队浩浩荡荡赶奔巴黎，在那里与法方设计人员共同工作了两周。

以此为开始，长达三年半的国家大剧院国内施工图设计工作正式展开。

应当说，这是一个充满艰辛和挑战的过程。在这个过程中，我们和ADP及SETEC（安德鲁聘用的一家法国工程顾问公司）的设计师们一起工作，经历了方案修改、深化、初步设计审查、修改以及施工图分区分版提交、修改等非常艰辛的过程，到了2003年9月份，除钢壳体部分的施工图外，国家大剧院全部施工图纸的设计工作基本上完成了。

在离开北京院来陪伴"水立方"成长的这四年多来，自己经历了很多彷徨和无助的日子，每当这时候，我都要去大剧院工地上去看看，而在每次看到大剧院结构设计总负责人刘季康先生四年如一日地盯在工地上时，一方面感到心里歉疚（四年前没有留下来帮他），一方面也看到了一个真正的职业工程师的高尚的品质。

因此，在此书付梓之际，特别向刘季康前辈表达我由衷的敬意！

2001年7月13日，那是一个令所有中国人难忘的日子！

那天，因为河南省体育中心体育场钢结构施工招标的事，我正和杨洲先生等当时的北京院的同事们出差杭州，我们一直就守候在杭州萧山宾馆大堂里看电视直播，等待结果。午夜时分，当国际奥委会主席萨马兰奇先生打开投票结果，清晰地说出把第二十九届奥林匹克运动会的举办权授予"北京"的那一刻，我们一跃而起，击掌相庆，也激动得彻夜难眠！同时，觉得自己多年来的体育建筑结构设计的技术准备终于等到了机会，可以有所作为了。

2003年初，北京2008奥运会场馆工程单体招标开始了。

3月份，国家体育场设计招标结果揭晓，由瑞士赫尔佐格和德梅隆建筑师事务所与中国建筑设计研究院组成的设计联合体中标；

7月份，国家游泳中心设计招标结果揭晓，由中建设计联合体（中建总公司+中建国际（深圳）设计顾问有限公司+澳大利亚PTW建筑师事务所+奥雅纳工程顾问有限公司）中标。

于是，就有了下面一封情真意切的请调申请：

尊敬的设计院领导：

本人邢民，1989年来设计院参加工作，一直在三所从事结构设计工作。

十四年来共参与和负责各种功能的建筑结构设计二十余项，对每一项工程，自认为都尽心竭力，承蒙各位领导和诸专业同仁的大力辅教，在结构设计方面也算是积累了一些心得。

三年来，我一直参与国家大剧院项目的结构设计工作，担任其中201、203区的中方结构负责人，在此项目行将完成的这段时间里，我一直在想这样一个问题：下一个挑战会是什么呢？

日前，有机会结识了2008年奥运会"国家游泳中心"项目设计组负责人，他诚邀本人参加该项目的结构设计工作，共同迎接"水立方"的挑战，思虑再三，我准备接受这一挑战。由于国家游泳中心项目土建施工年底就要开始，设计时间很紧，所以对方希望我在十月初即到项目组参与工作。

为此，特向尊敬的设计院领导提出此请调报告，请求调往："中建国际（深圳）设计顾问有限公司北京分公司"，并期待着两级领导的批准。

所请之事，如蒙批准，不胜感激！

非常感谢北京市建筑设计研究院各级领导的理解和支持，2003年9月末，我即加盟了中建设计联合体国家游泳中心设计团队，并全身心地投入了工程的结构设计工作。

这更是一个充满艰辛和挑战的四年！！

四年多来，作为该项目的结构负责人，从导荷载到画剖面、从写SPEC到出洽商、从挖下第一锹土到结构验收……在陪伴"水立方"成长的一千五百多个日日夜夜里，与我的中建设计联合体的同事们、与参建各方的同志们一道为之付出了巨大的努力……

因为奋斗过，所以就会留下很多的故事——

有桩头防水第十四次会议的故事；

有泰山石的故事；

有巴黎机场倒塌事故波及水立方设计的故事；

有尘卷风扫荡工地的惊险的故事。

……

终于，我们可以在2008年的这个春天，把"她"呈现在全国人民面前了！

01

多哥共和国洛美体育场

1.1 工程概况

　　可容纳3万人的多哥体育场是中、多两国政府最大的合作项目，位于多哥共和国首都洛美市区东北方向约10公里的"洛美II区"西侧，东临佳布莱大道。占地面积为14.5公顷，建筑面积36105平方米。项目于1997年10月11日开工，2000年1月11日建成移交。体育场主要运动设施有1个标准足球场、8条400米塑胶跑道、投掷场地、跳远跳高场地，可供进行足球比赛和田径比赛。此外，体育场还是多哥国家田径队、足球队和乒联的训练场地。

　　体育场平面为椭圆形，内圈长轴201.645米，短轴150米；外圈长轴217.654米，短轴202米。立面造型为东西高、南北低的马鞍形建筑。二层为开敞式休息平台，空间通透、平面宽阔，适合非洲湿热气候特点。

图1-1　多哥共和国洛美体育场预应力罩棚

图1-2　比赛中的体育场

图1-3　多哥国家队在06年法国世界
　　　　杯上

图1-3为2006年法国世界杯上，多哥国家队与韩国国家队在比赛中。

"多哥第一次闯入世界杯决赛，中国援建的体育场功不可没。" 2006年6月14日，正在北京参加一个研修班的多哥总理府顾问培·森费伊谢乌谈起本国足球队在本届世界杯决赛中的第一粒入球颇为兴奋。培说，近年来中国在多哥实施了很多援建项目。中国援建的体育场为当地老百姓提供了举办足球比赛和从事其他体育运动的一流场地，促进了多哥足球运动的快速发展。

1.2　结构设计

1.2.1　平面轴网确定

体育场建筑的平面轴网布放是建筑方案设计首先要考虑的问题，其形式也是多种多样的，这要由建筑设计师在综合考虑体育场的观众规模、观众观赛的视线、视距等因素后确定。多哥共和国洛美体育场平面轴网采用的是我们熟悉的几何教科书上的"四心扁圆"（又称近似椭圆），其几何构建方式如图1-4所示。

其圆心的位置作者当时也导出了相应的计算公式如下：

$$\begin{cases} x = \dfrac{a-b}{2a}\left[\sqrt{a^2+b^2}+(a+b)\right] \\ y = \dfrac{a-b}{2}\left(1+\dfrac{x}{b+x-a}\right) \end{cases}$$

已知：长半轴为a，短半轴为b。

求：四心扁圆的圆心位置并构建扁圆。

解：用几何做图的方式构建如下：

1、连接AB，以O为圆心，OA为半径作弧交于OB延长线之C点；

2、以B为圆心，BC为半径作弧，交AB连线之D点；

3、作AD线段的垂直平分线，交长轴于1点，交短轴延长线于2点；

4、1点及2点即为两圆心点，对称取另外两圆心点，则四心确定；

5、以1为圆心，$1A$为半径作弧，以2为圆心，$2B$为半径作弧，两弧均止于与垂直平分线的交点E，于是完成$\dfrac{1}{4}$扁圆；

6、对称拷贝后，即完成全扁圆。

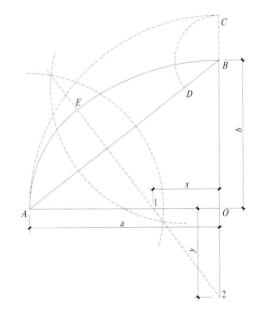

图1-4　四心扁圆的几何做法

由上述方式分别确定体育场的环向内外轴之后，环向内轴及径向轴线依建筑要求确定后，则整个体育场的轴网设计即告完成。

1.2.2　结构单元划分

体育场采用全现浇钢筋混凝土框架结构，由于环向（外弧）总长达660米，按照混凝土结构设计规范的有关要求，结构设计将整个体育场沿环向划分为20个独立的结构单元，单元间留伸缩缝。结构单元划分如下图：

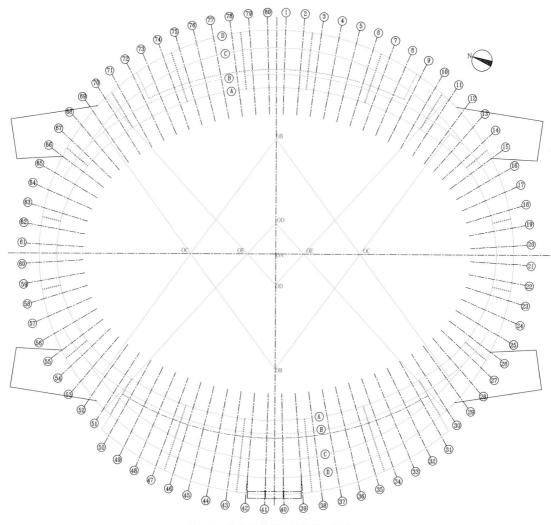

图1-5　体育场轴线及结构单元划分图

1.2.3　结构平面设计

该结构设计采用89系列规范，设计的基本标准为：

结构设计使用年限：　　　　50年

结构抗震设防烈度：　　　　7度

标准风压：　　　　　　　　$0.85kN/m^2$

观众看台活荷载：　　　　　$4.50kN/m^2$

结构基本用材如下：

现浇钢筋混凝土柱用混凝土：C30

现浇梁、板用混凝土：　　　　　C25

罩棚挑梁用混凝土：　　　　　　C40

现浇梁、板、柱用钢筋：Ⅰ级钢（屈服强度235MPa）及Ⅱ级钢（屈服强度345MPa）

罩棚挑梁用高强预应力钢丝的极限抗拉强度：1570MPa

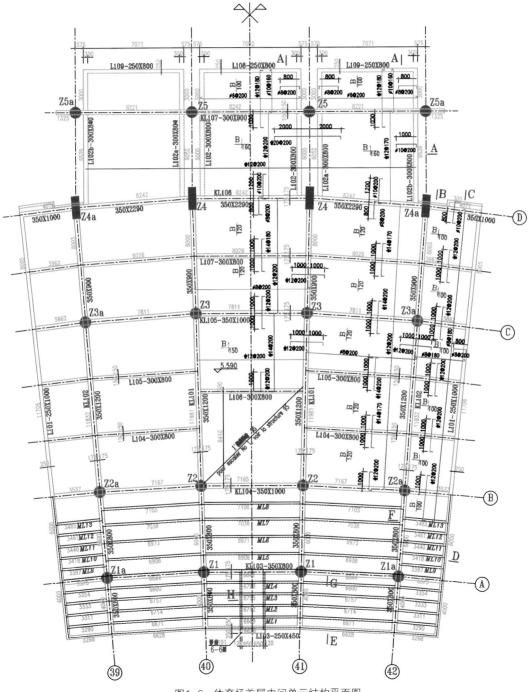

图1-6　体育场首层中间单元结构平面图

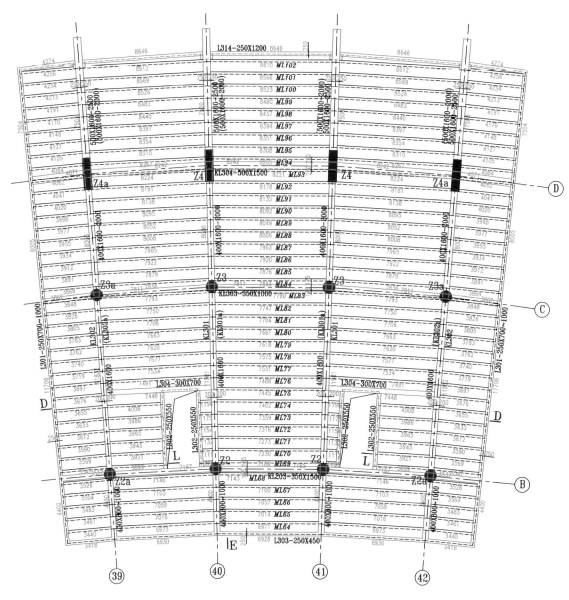

图1-7　体育场中间单元上层看台结构平面图

说明：

1.体育场看台结构利用看台台阶作为密肋梁，看台板为单向板；

2.考虑钢筋下料和施工方便原因，径向相邻轴间密肋梁及环向框架梁均按分段折线设计；

3.每阶看台板由内向外结构找坡20mm。

1.2.4　结构剖面设计

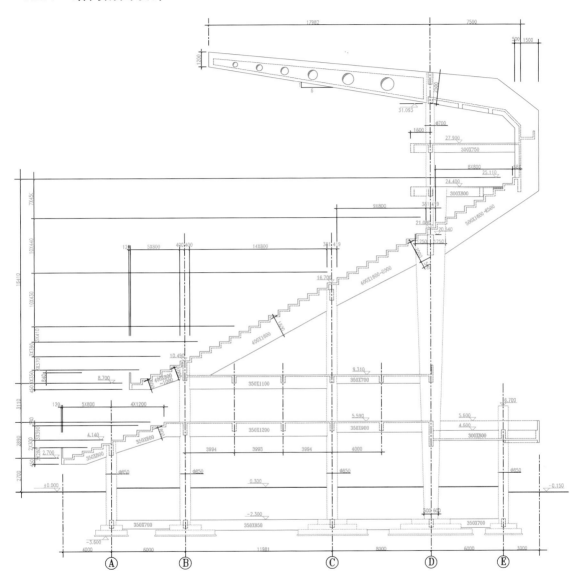

图1-8　中间单元主席台区径向结构剖面

说明：

1.工程基础采用阶梯形独立柱基础，环向基础拉梁在对应上部结构的单元分缝跨间留施工后浇带，结构施工完毕后封闭连通；

2.为减轻预应力罩棚梁悬挑段自重，采用了I型开孔断面。

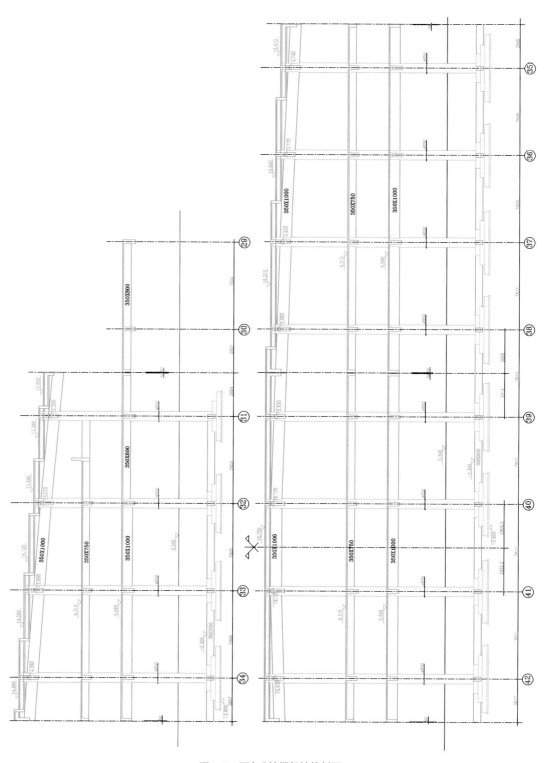

图1-9　环向C轴框架结构剖面

1.2.5 结构详图设计

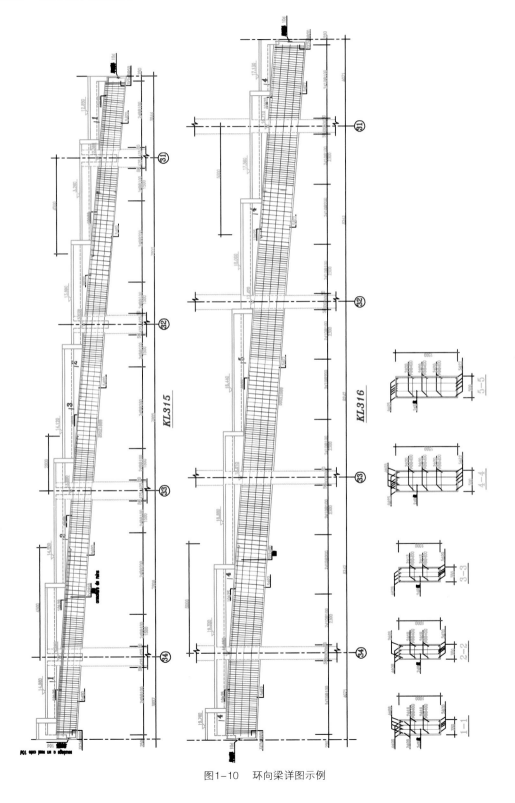

图1-10 环向梁详图示例

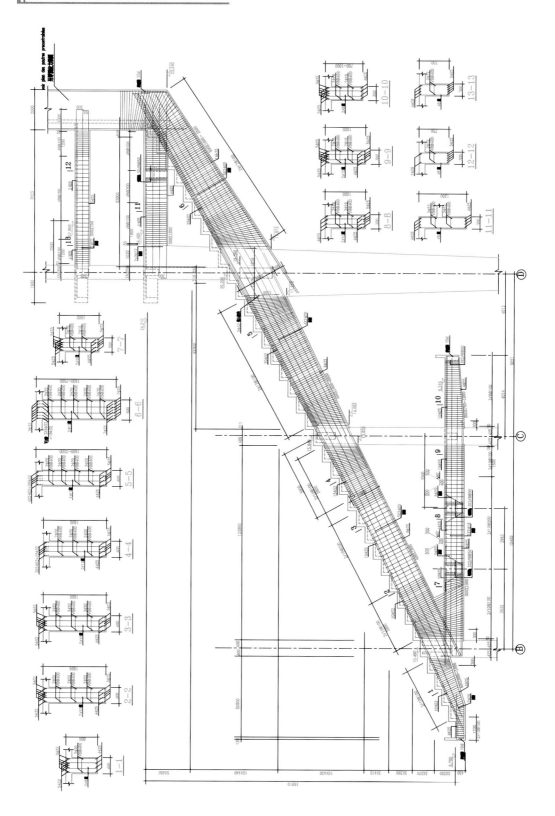

图1-11　径向斜梁详图示例

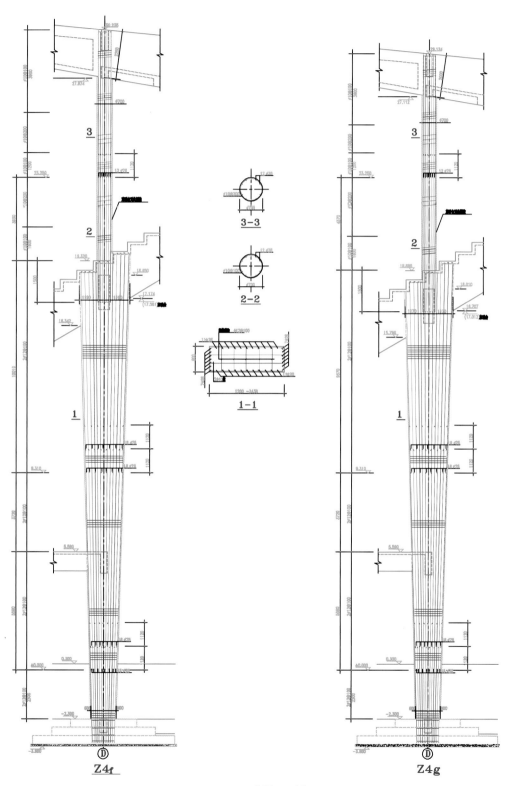

图1-12　柱详图示例

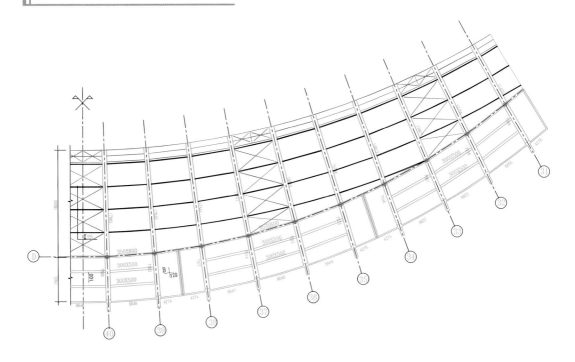

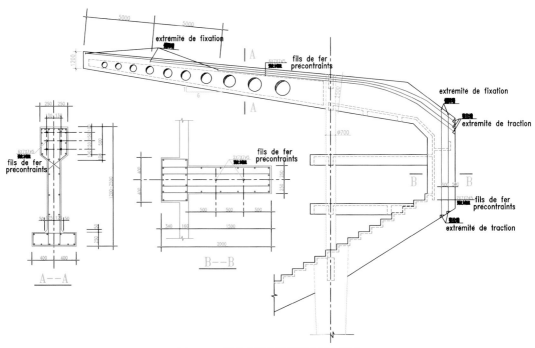

图1-13 预应力罩棚梁平面布置与详图

1.3　总结与思考——"设计"与"结构设计"

多哥共和国洛美体育场工程是笔者作为结构专业负责人主持完成的第一个援外体育建筑结构，从这个工程开始，体育建筑结构就成为了笔者比较侧重的结构设计类型。

就结构设计专业而言，笔者认为，由于建筑功能上的差异所带来的结构设计原则上的变化并不分明。一直以来，对"设计"和"结构设计"之"本原"的思考也许从上大学就读"工民建"这个专业的时候就开始了。毕业后，经过了这么多年的工程设计实践，笔者有了一些个人的感悟，下面谈一谈对这一专业的基本认识。

我们知道，"科学"和"技术"是两个不同范畴的概念，而"结构设计师"这个职业注定就不是一个可以成为小时候我们经常梦想的"科学家"的职业。科学家们的"发现"往往是"客观而永恒的真理"。他们工作的目标是试图通过一些技术的手段来"发现"那些存在于客观世界的还没有被我们认知的"规律"，然后，再反过来指导和促进"更先进技术的发明和发展"。这个过程循环不已，"科学技术"的车轮因之才能向我们所向往的"自由王国"的方向不断前进。

但是，我们所从事的建筑设计相关专业的特点表明我们只能是一个"技术工作者"，认识这一点很重要，可以使我们更好地认知任何的技术"发明"和所谓的"技术权威"，都只是一时一事的产物，是阶段发展的产物，这一技术职业的未来发展永远都没有止境。

对于我们每一个人，高考后填报志愿，如果你选择了某大学土木工程系"结构工程专业"，或者"工民建专业"，就意味着你愿意并将接受这一特定职业的系统技术教育。大学毕业参加工作后，你的职业选择中很大可能性的方向就是"盖房子"及其相关行当。这样，在千枝万叶的社会职业分工中，在这个领域中发挥你"最大人生价值"的机会将可能会更多一些。

那么，应该怎样准确地定义"设计"这样一个概念呢？笔者比较认同以色列人阿里埃勒·哈瑙尔对此所作的如下定义：

应用设计工具、依据设计标准、考虑限制条件，将所提供的设计数据合成一个"对象"（如产品、建筑、城市等）的过程，就叫做"设计"。

设计手段，即设计过程中所使用的手段，按重要性与先后次序排列，主要的设计手段有：

- 空白纸
- 常识
- 经验（通过设计实践而获得的）
- 理论
- 设计规范

■ 设计工具——如设计指南、产品目录、计算机程序（CAD）

从上述"设计手段"的排列顺序中我们可以看到，建筑设计（当然也包括结构设计），一张白纸、一点常识、一条经验，比之设计理论、设计规范、设计程序等都要重要得多。

"建筑设计"是人类所掌握的众多设计艺术中的一个重要分支，从人类出现并逐渐具备思考能力以后，为了居住和使用的需要，人类就开始利用"设计手段"进行着一代又一代的"建筑设计"。

从我们的祖先建造"穴居窑洞"开始，相当长的一段时间内，古人和后来的"工匠"们都是集"建筑设计"和"结构设计"才能于一身的。"结构设计"作为一个专业从建筑设计中分离出来，实际上只有几百年的历史。随着西方工业化进程的发展，随着人类建造更高更美"房子"的欲望的升级，以功能和艺术美学为出发点的建筑学随着时代的发展其内涵更加丰富，同时，作为建筑科学重要支柱的力学理论越加复杂并系统化，于是，"职业分化"就成了历史的必然。

与"结构设计"相关的概念如下：

建筑结构是将建筑物自身及其在使用中所产生的荷载传递给地基的一种设施。

结构体系是在一个空间中，由各种构件组成的，有着某种特征的机体，它的整体特征决定着它各个部分的相互关系。

结构设计是对一些结构构件进行布置，确定它们之间的相互关系，目标是使得由它们组成的结构整体具备人们所期望的性能。

或者可以如下定义：

在设定的力态分布条件下，为实现向基础组织力流而寻找合理的结构刚度分布的过程，就叫做"结构设计"。

一般来讲，建筑工程总造价的60%~70%为结构工程造价，在"安全、经济、合理"之间找到适当的平衡点，这是一个结构工程师的社会责任。要想成为一名优秀的结构工程师，必须要为自己负责的每一项工程用心用智、深思熟虑。因为，结构工程师的某一个判断、或者某一个参数的采用往往就关乎着几百万、几千万的资金投入，这既表明我们这个专业的重要，同时也表明我们的责任重大。

实际上，完成一个工程的"结构设计"又是一个非常复杂的过程，建筑的功能与美学要求是最基本的前提。除此之外，结构工程师必须要从所要建造的结构的地理条件出发，这是结构设计优先考虑的最大的"限制条件"。世界上，即便是功能和美学要求完全相同的两栋建筑，就因其建造地点不同，其所采用的结构处理方式就将可能存在很大的不同，比如场地地基地质条件的不同，区域自然环境（风、震、温等）的不同等等。因此，结构工程师在开始工程设计之前需要把这些相关的"周边条件"搞清楚，这是一项重要的、同时也往往是被初学者忽略的重要环节。

多哥共和国洛美体育场工程位于非洲大陆，在开始设计之前，设计院组织了包括各专业技术人员的一个"现场考察组"远赴非洲，进行了为期两个多月的现场调研和资料搜集工作。由于条件艰苦，通过当地中资打井队的帮助，我们才获得了体育场建设场地的工程地质资料。同时，在多哥政府气象厅等部门的协助下，我们也获得了当地的风、震、气温等基础资料。

值得汲取的教训是，由于我们对当地气温的高温持时和温度变化规律缺乏更深入的了解和认识，在后来施工浇筑混凝土过程中，按照国内惯常的施工和养护措施控制，结果造成了初期浇筑的看台混凝土存在较多的开裂缺陷，最后不得不花费较高成本进行裂缝修补。

02

全总职工之家扩建配套工程

2.1　工　程　概　况

　　该工程设计的开始时间为1998年4月，建成时间为2002年3月。

　　全总职工之家扩建配套工程位于北京市西长安街工会大楼南侧，毗邻广大大厦。为原中国

图2-1　全总职工之家扩建配套工程（沿长安街街景照）

职工之家的扩建项目，定位为四星级涉外酒店。主要建设目的为完善原中国职工之家的功能、提高接待标准、完备配套设施，使中国职工之家饭店能满足全总各类会议接待的需求。

工程总用地0.6公顷，总建筑面积为47468平方米，总建筑高度为100米（局部110米）。建筑由主楼及裙房两部分组成，主楼共二十九层，其中地下三层，地上二十六层（不含设备层及出屋顶层），裙房地上四层。

图2-2　宾馆大堂中庭

该工程设计获北京市建筑设计研究院1998年度优秀设计一等奖，2002年度院优秀工程设计一等奖，2003北京市优秀工程一等奖，建设部优秀工程二等奖，2004年全国第十一届优秀工程设计银奖。

2.2　结构设计

2.2.1　结构设计标准

结构设计采用89系列规范，基本设计标准及参数如下：

结构设计使用年限：　　　　　　　50年
结构抗震设防烈度：　　　　　　　8度

基本风压：　　　　　　0.35kN/m²

基本雪压：　　　　　　0.25kN/m²

人防抗力等级：　　　　6级

场地类别：　　　　　　II类

地基承载力标准值：　　300kPa

结构基本用材如下：

现浇钢筋混凝土柱用混凝土：　C40～C60

现浇梁、板用混凝土：　　　　C30

基础板及地梁·　　　　　　　C30，S8

地下室外墙（含外墙柱）　　　C40，S8

现浇梁、板、柱用钢筋：I级钢（屈服强度235MPa）及II级钢（屈服强度345MPa）

预应力梁用高强碳素钢丝的极限抗拉强度：1570MPa

2.2.2　基础结构设计

本工程主体结构为框架–剪力墙结构体系，裙房为框架结构；主体结构基础为梁板式筏

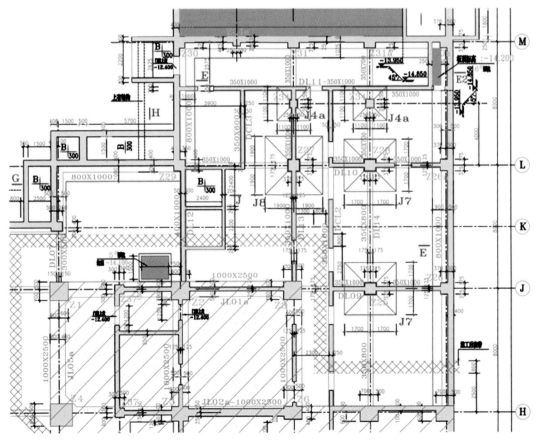

图2-3　基础平面模板图（局部）

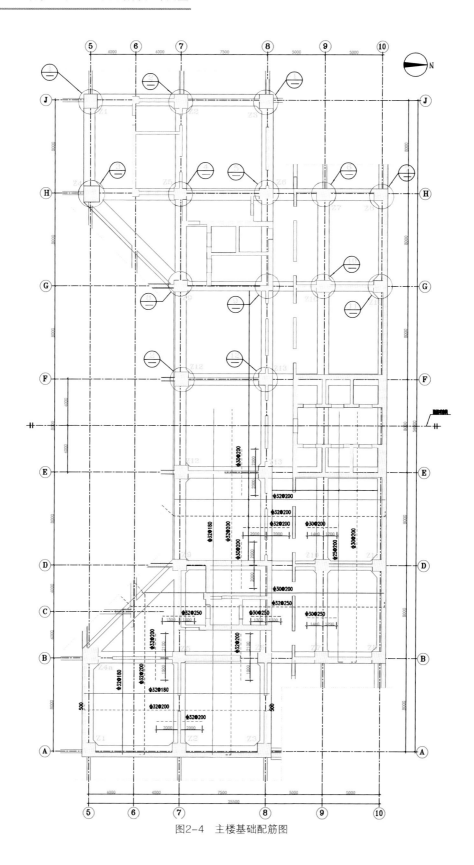

图2-4　主楼基础配筋图

基，裙房基础为独立柱基加抗水板。整个结构在主体与裙房间没有设永久缝；为解决两者间的差异沉降，除了留设施工后浇带解决施工期的沉降差外，我们还对裙房区的基础在计算和构造上采取了一些协调差异沉降的措施，变形监测表明，主体与裙房间的变形差完全在规范允许的范围内。

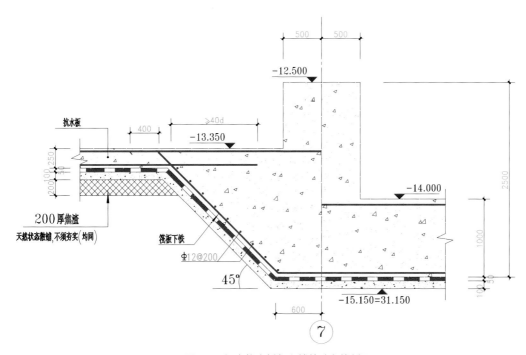

图2-5　裙房抗水板与主楼基础交接剖面

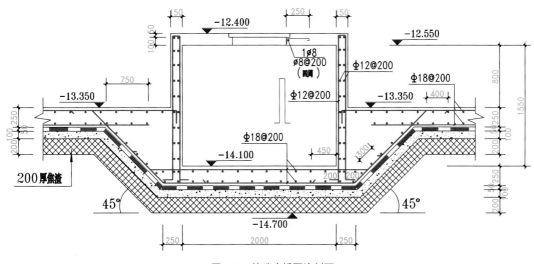

图2-6　基础底板泵坑剖面

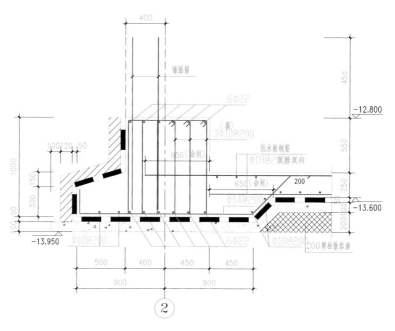

图2-7　裙房外墙基础剖面示例（张京京绘）

2.2.3　结构平面设计

　　本工程的建筑平面功能布置比较复杂，除了宾馆功能房间外，各种会议、休闲、健身等功能房间的数量也较多。尤其是在裙房层还设置有室内游泳池等健身设施。

　　裙房三层设置的可以容纳500人的多功能会议厅采用了无粘结预应力混凝土大梁支承结构。

　　在建筑的主楼顶层设有跨三层的豪华套房层。

图2-8　500人规模的多功能厅

图2-9 顶层豪华套房层

以下为结构设计的部分平面图纸：

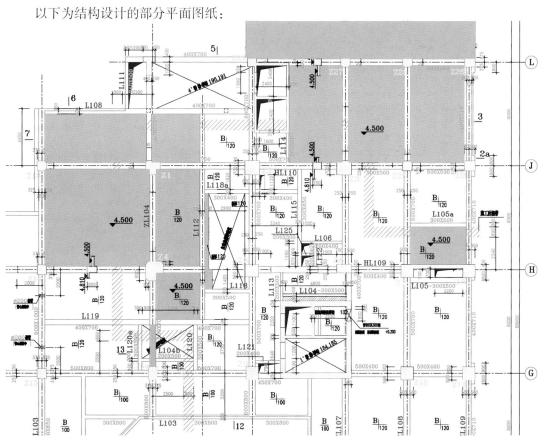

图2-10 首层顶结构模板平面图（局部）

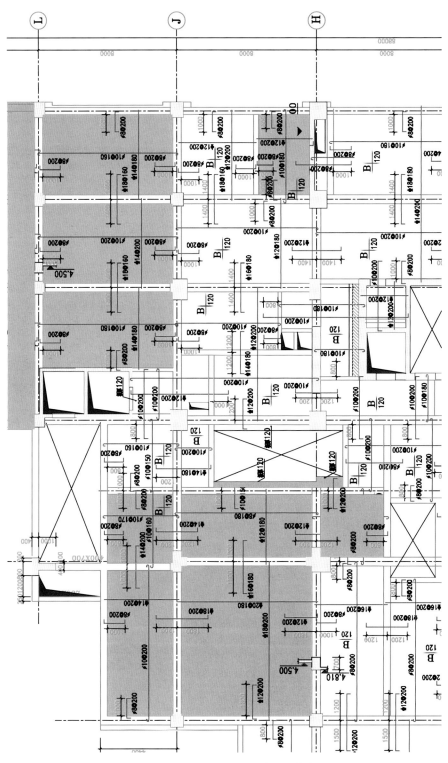

图2-11 首层顶结构配筋平面图（局部）

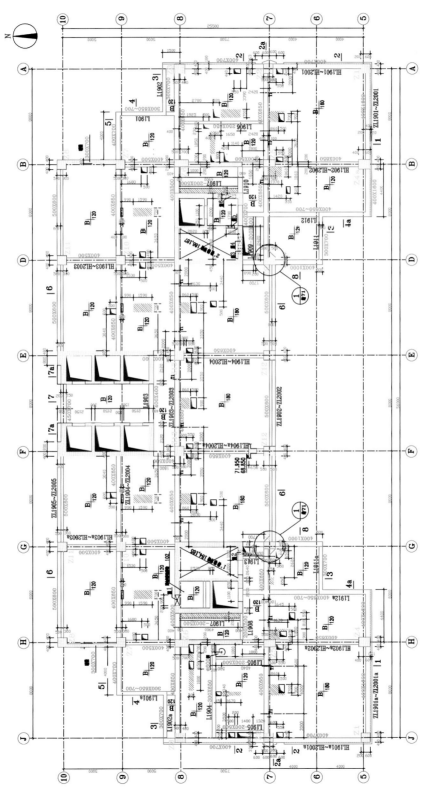

图2-12　标准层结构模板平面图

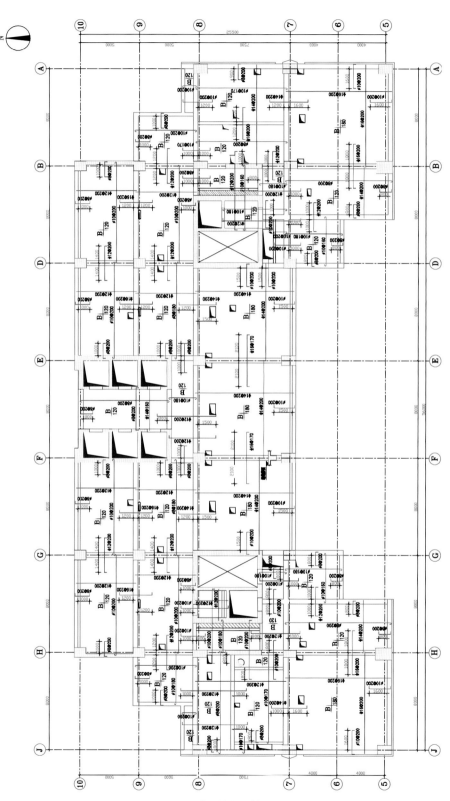

图2-13 标准层结构配筋平面图

2.2.4　详图设计示例

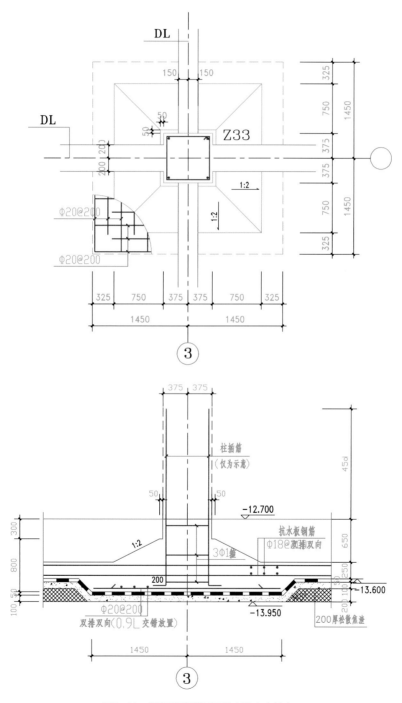

图2-14　裙房基础详图示例（张京京绘）

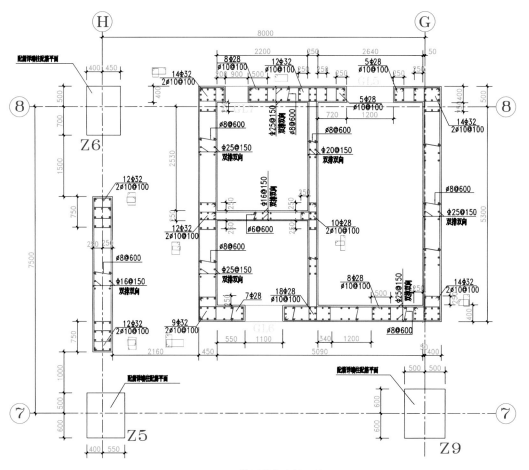

图2-15 抗震墙核心筒配筋示例

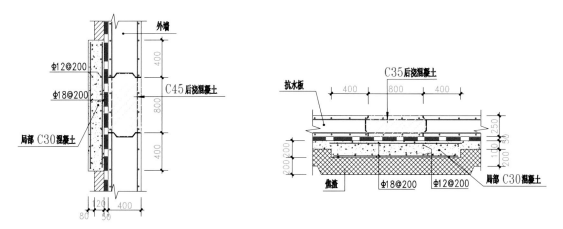

图2-16 外墙及抗水板施工后浇带做法

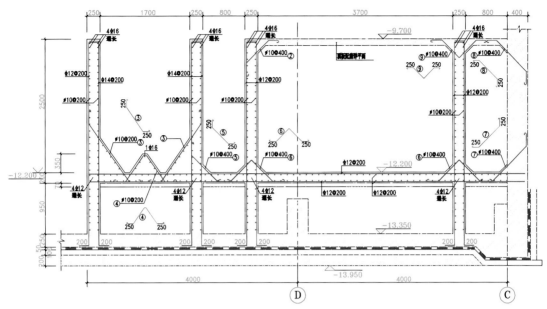

图2-17 地下中水水池配筋剖面

2.2.5 构件计算算例

算例一：

筏基底板配筋计算算例

参数	$L_1(\text{m})$	$L_2(\text{m})$	$\lambda = L_2/L_1$	β	荷载$q(\text{kN/m}^2)$	板厚$b(\text{mm})$
	8.000	8.000	1.000	1.8	871.500	1000
计算过程	\multicolumn{6}{l	}{查表：$\alpha = 1.00$，$\xi = 0.022$ $M_1 = 0.022 \times 871.500 \times 8.000^2 = 1227.072\text{kN} \cdot \text{m}$ $M_1 = -1.8 \times 1227.072 = -2208.730\text{kN} \cdot \text{m}$ $M_2 = 1.00 \times 1227.072 = 1227.072\text{kN} \cdot \text{m}$ $M_{\text{II}} = -1.8 \times 1227.072 = -2208.730\text{kN} \cdot \text{m}$}

计算过程：

查表：$\alpha = 1.00$，$\xi = 0.022$

$M_1 = 0.022 \times 871.500 \times 8.000^2 = 1227.072\text{kN} \cdot \text{m}$

$M_1 = -1.8 \times 1227.072 = -2208.730\text{kN} \cdot \text{m}$

$M_2 = 1.00 \times 1227.072 = 1227.072\text{kN} \cdot \text{m}$

$M_{\text{II}} = -1.8 \times 1227.072 = -2208.730\text{kN} \cdot \text{m}$

已知：$M_1 = 1227.072\text{kN} \cdot \text{m}$，梁 $b \times h = 1000 \times 1000$，$f_{\text{cm}} = 21.5\text{N/mm}^2$（C40）

$f_y = 310\text{N/mm}^2$（Ⅱ级钢）

$$x = h_0 - \sqrt{h_0^2 - \frac{2M}{f_{\text{cm}}b}} = 960 - \sqrt{960^2 - \frac{2 \times 1227.072 \times 10^6}{21.5 \times 1000}}$$

$$= 960 - 898.6 = 61.4\text{mm} \leqslant \xi_b h_0 = 0.544 \times 960 = 522\text{mm}$$

但 $x < 2a' = 80\text{mm}$ （如 $x > 2a'$，用 $f_{\text{cm}}bx = f_y A_{g1}$ 算）

由 $M = f_y A_{g1}(h_0 - a')$ 得

$$A_{g1} = \frac{M}{f_y(h_0 - a')} = \frac{1227.072 \times 10^6}{310 \times (960 - 40)} = 4302\text{mm}^2$$

同样计算可得：$A_{g\text{I}} = 7889\text{mm}^2$，$A_{g2} = 4302\text{mm}^2$，$A_{g\text{II}} = 7889\text{mm}^2$

实配	A_{g1}—Φ32@180， $A_{g\text{I}}$—Φ32@100， A_{g2}—Φ32@180， $A_{g\text{II}}$—Φ32@100
说明	混凝土C40，钢筋φ表示Ⅰ级钢、Φ表示Ⅱ级钢

算例二：

楼板板块配筋计算算例

参数	L_1(m)	L_2(m)	$\lambda = L_2/L_1$	β	荷载q(kN/m^2)	板厚b(mm)
	5.100	8.000	1.569	1.8	48.750	200

计算过程	查表：$\alpha=0.42$，$\xi=0.028$ $M_1=0.028 \times 48.750 \times 5.100^2=35.504$kN·m 查表：$\quad A_{g1}=660$mm^2 (II) $M_1=-1.8 \times 35.504=-63.907$kN·m $\qquad$ 查表：$\qquad A_{g1}=1210$mm^2 (II) $M_2=0.42 \times 35.504=14.912$kN·m $\qquad$ 查表：$\qquad A_{g2}=270$mm^2 (II) $M_{II}=-1.8 \times 14.912=-26.842$kN·m $\qquad$ 查表：$\qquad A_{gII}=490$mm^2 (II)

实配	A_{g1}—Φ14@200，A_{g1}—Φ20@200，A_{g2}—Φ12@200，A_{gII}—Φ14@200
说明	混凝土C40，钢筋ϕ表示I级钢、Φ表示II级钢

算例三：

典型的框架节点核芯区截面抗震验算

（一）验算公式：

$$V_j \leqslant \frac{1}{\gamma_{RE}}(0.30\eta_j f_c b_j h_j) \quad ——①$$

$$V_j \leqslant \frac{1}{\gamma_{RE}}\left(0.1\eta_j f_c b_j h_j + 0.1\eta_j N \frac{b_j}{b_c} + f_{yv}A_{svj}\frac{h_{b0}-a'_s}{s}\right) \quad ——②$$

$$式中：V_j = \frac{1.05\sum M_{bua}}{h_{b0}-a'_s}\left(1-\frac{h_{b0}-a'_s}{H_c-h_b}\right)$$

$$M_{bua} \approx f_{yk}A_s^0(h_{b0}-a'_s)$$

（二）以六层Z5节点为例。

$$\eta_j = 1.0, \quad \gamma_{RE} = 0.85, \quad f_c = 26.5, \quad f_{yv} = 210, \quad h_j = h_c = 600\text{mm}$$

$$b_j = \min[400 + 0.5 \times 600, 1100, 0.5 \times (400 + 1100) + 0.25 \times 600 - 350] = 550\text{mm}$$

$$\frac{1}{\gamma_{RE}}(0.30\eta_j f_c b_j h_j) = \frac{1}{0.85}(0.3 \times 1.0 \times 26.5 \times 600 \times 550) \times 10^{-3}$$

$$= 3086.471\text{kN}$$

$N = 0.5 \times 1100 \times 600 \times 26.5 \times 10^{-3} = 8745\text{kN}, A_{svj} = 4 \times 113.10 = 452.4\text{mm}^2$

$$\frac{1}{\gamma_{RE}}(0.1\eta_j f_c b_j h_j + 0.1\eta_j N \frac{b_j}{b_c} + f_{yv} A_{svj} \frac{h_{b0} - a'_s}{s})$$

$$= \frac{1}{0.85}(0.1 \times 1.0 \times 26.5 \times 600 \times 550 \times 10^{-3} +$$

$$0.1 \times 1.0 \times 8745 \times \frac{550}{1100} + 210 \times 452.4 \times \frac{615 - 35}{100} \times 10^{-3})$$

$$= \frac{1}{0.85}(874.5 + 437.25 + 551.023)$$

$$= 2191.50\text{kN}$$

左梁：$M_{bua} \sim 335 \times 3500 \times 580 \times 10^{-6} = 680.05\text{kN} \cdot \text{m}$

右梁：$M_{bua} \approx 335 \times 2000 \times 580 \times 10^{-6} = 388.60\text{kN} \cdot \text{m}$

$\sum M_{bua} = 680.05 + 388.60 = 1068.65\text{kN} \cdot \text{m}$

$$V_j = \frac{1.05 \times 1068.65 \times 10^6}{615 - 35} \times (1 - \frac{615 - 35}{3100 - 650}) \times 10^{-3} = 1476.632\text{kN}$$

$\because V_j = 1476.632\text{kN} < 3086.471\text{kN} < 2191.50\text{kN}$

$\therefore$ Z5 节点满足核芯区截面抗震要求。

2.3 总结与思考——结构设计的表达技术

在导言中笔者述及了十几年前设计行业在建筑设计表达方法上经历的"换笔"过程。可以说，凡是经历过这个过程的设计师们都会留下一种深刻的感受，那就是现代电子计算机技术的发展已经极大程度地影响和改变了我们的设计方式和设计思维，甚至也可以说：不能跟随电子科技日新月异变化的设计师和工程师们已经不再属于这个时代。

在本工程结构的设计过程中，笔者有意识地带领结构设计团队的同事们在结构设计的表达技术方面进行了探索。

在此工程设计之前，为了结构设计自动化的需要，单位采购了当时较先进的一个叫做"TBSACAD"的计算绘图一体化软件，但是在使用过程中，效果并不理想。不仅软件程式化的配筋表达方式不符合设计院的绘图习惯，而且，在选筋归并过程中的各种模糊参数设置也常常需要大量的人工干预来使之趋于合理。因此，我们在此工程中采取了基于Autocad绘图软件，完全自主构建结构图类库的工作模式，这一思路的改变，使该工程结构设计的图纸表达技术跃升了一个新台阶。因此，在院内的结构专业，该工程的结构设计不论是图面质量，还是技术内涵的表达都被作为范例而进行推广。及至后来的河南省体育中心体育场、国家大剧院等工程，笔者对结构设计的平面技法方面的探索一直没有停止过。

笔者根据自己的设计实践经验认为：任何的"一体化的全过程解决方案的设计制图软件"都不会比自己的个性化积累更实用。

以下两个例图是国外结构设计同行们在结构表达方面展示得更细腻的表达技法。目前，国

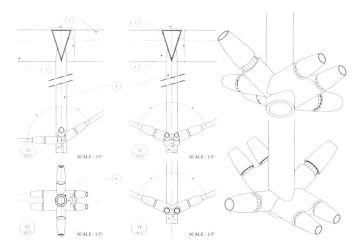

图2-18   大剧院水下廊道结构图示例（自动生成的构件剖面与三维图，法国
SETEC）

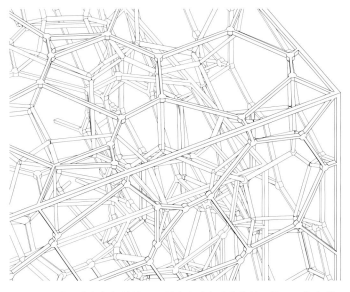

图2-19   水立方钢框架结构图示例（自动生成的构件三维图，澳大利亚
ARUP）

产的钢结构图形自动绘制软件也已经发展到可以支持这种"类机械加工模式"的建筑结构图纸表达技术。

计算机辅助设计（Computer-Aided Design——CAD）技术发展到今天，随着科学计算可视化技术、虚拟现实技术、互联网技术和多媒体技术的迅猛发展，建筑工程设计方式的又一轮深刻变革即将到来。从二维平面设计到三维立体设计，从静态设计到动态设计，从手工设计到智能化设计，从单专业分工设计到基于同一模型的并行设计模式必将到来，并将极大地提高建筑设计工作的整体效率和质量。

结构设计技术的发展速度令人目不暇接，比如，正是基于结构分析技术的快速发展，才使得我们设计像国家大剧院、鸟巢、水立方等这样一些复杂的结构更为自如。同时，互联网技术更是加速了结构设计理念的传播，使得世界上那些大师级结构师的设计思想转瞬间就可以转存到我们的知识库里，地球上任何同行们的新思维都可以在这个已经"变平了"的世界上"交换和复制"。

那么，在这样的时代，结构设计表达技术是否已经变得"不可把握"了呢？

答案是否定的。结构设计表达技术的终极目标始终是为了向建筑施工企业准确而清晰地传达工程结构设计的"结果"，因此，结构工程师们不要被各种所谓的"标准图"、"标准设计范例"、"标准电子图库"这些既有的结构设计表达模式所束缚，追求更具效率、或者更具"感染力"的结构设计表达方式的道路永远是没有止境的。

03

河南省体育中心体育场

3.1 工程概况

该工程设计开始时间为1999年10月，建成时间为2002年8月。

河南省体育中心体育场位于郑州市北部的综合投资区的河南省体育中心内，是省体育中心一期工程，占地面积22.1公顷。体育场为体育中心主体建筑，总建筑面积为72000平方米（含看台、罩棚），占据体育中心的中央偏北的位置。

该体育场为综合体育场，按照国际标准田径场地和国际足联标准的足球场地设计，可以举行国家大型田径运动会和足球比赛。看台座位数量50000人座，罩棚覆盖座位数超过三分之二。看台为两层，在两层看台之间东西设有包厢。西面看台正中设有主席台，主席台的南侧是记者席。

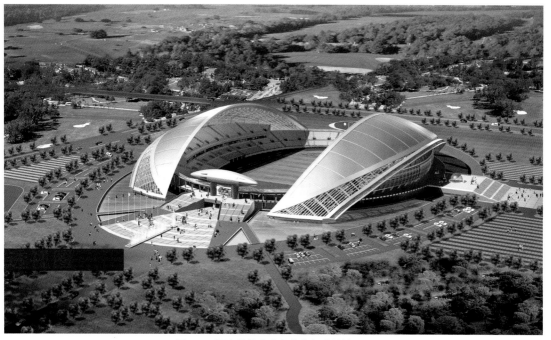

图3-1 河南省体育中心体育场建筑效果图

图3-2　体育场内景照片

图3-3　体育场商演夜景照片

体育场南侧设记分牌，记分牌外形立面为双向曲线，造型为国内首创。

看台罩棚采用球切面落地网架，由看台后排柱及四个拱脚承台支承整个罩棚，面层采用铝合金罩面，在没有覆盖观众的地方采用铝合金穿孔板百叶，造型浑厚大方。

2002年10月12日在此成功地举行了河南省第九届运动会的开幕式和大型文体表演《中州飞翔》，并作为运动会的主比赛场地。

该工程设计获北京市建筑设计研究院2000年度优秀设计一等奖，2002年度院优秀工程设计一等奖，2003北京市优秀工程一等奖，建设部优秀工程二等奖，2004年全国第三届优秀结构设计三等奖。

3.2　结构设计

本工程主体结构为框架体系，基础为柱下独立基础。根据场地的地层特点，地基采用了经高压旋喷注浆处理的复合地基。

罩棚结构采用了标准球切面形状的空间螺栓球节点落地网架，网架支撑在体育场后排柱及双侧拱脚承台上，罩棚长向跨度达273米，向场地方向挑出长度50米。为抵抗网架落地拱脚的水平推力，我们对拱脚深承台的被动区采用深层搅拌工艺进行了抗推加固，同时，在承台主动压力区布放了3排29米长的预应力锚杆。变形监测表明，这些措施有效地解决了网架拱脚的推力变形问题。

体育场的记分牌是长橄榄状的，为拟合建筑形状要求，结构采用了钢骨混凝土环形骨架加混凝土薄壳结构。

在本工程的结构设计过程中，结构设计团队积极与建筑师配合，力求达到结构美与建筑美的和谐统一。为了实现建筑师们的设计理念和追求，结构师们常常要进行多方案的反复比较，同时，为了保证施工的可行性和可靠性，比如锚杆施工前、记分牌施工前都事先进行了现场试验。

实践证明，我们克服了工程结构设计和施工中的各种困难和挑战，取得了良好的设计效果。

3.2.1 结构设计标准

结构设计采用89系列规范，基本设计标准及参数如下：

结构设计使用年限：	50年
结构抗震设防烈度：	7度
结构抗震设防类别：	丙类
基本风压：	$0.40kN/m^2$
基本雪压：	$0.25kN/m^2$
场地类别：	II类
复合地基承载力标准值：	230kPa
复合地基最终沉降量：	≤25mm

结构基本用材如下：

现浇钢筋混凝土柱用混凝土：	C40
现浇梁、板用混凝土：	C30
基础板及地梁：	C30
现浇梁、板、柱用钢筋：	I级钢（屈服强度235MPa）及II级钢（屈服强度345MPa）
记分牌钢骨混凝土梁用钢材：	Q345B
罩棚网架结构用钢材：	Q235及Q345

3.2.2 结构单元划分

整个体育场结构共划分为14个独立的结构单元，如下图：

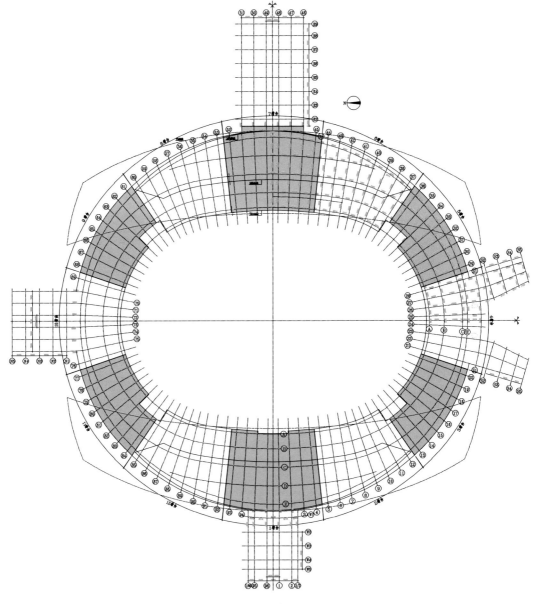

图3-4   结构单元划分图

说明:

1. 环向划分为12个单元后,较长单元的环向长度约为60米;

2. 施工中在每个单元中部留设一道径向施工后浇带;

3. 使用期抗温变裂缝措施:看台层楼板配置构造抗裂钢筋,看台板混凝土掺加抗裂纤维。

3.2.3　基础结构设计

体育场结构基础采用独立柱基加拉梁体系，如下图：

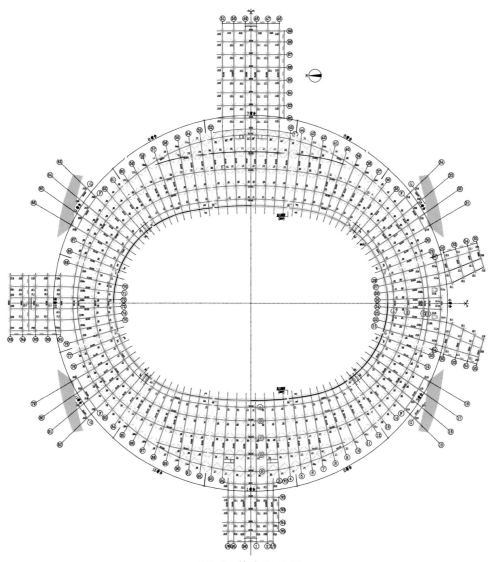

图3-5　基础平面全图

说明：

1. 环向基础拉梁在施工期间对应上部结构分缝及后浇带留施工后浇带，施工完毕后封闭连通；

2. 在主体看台基础拉梁与落地网架基础承台间设置拉梁连接。

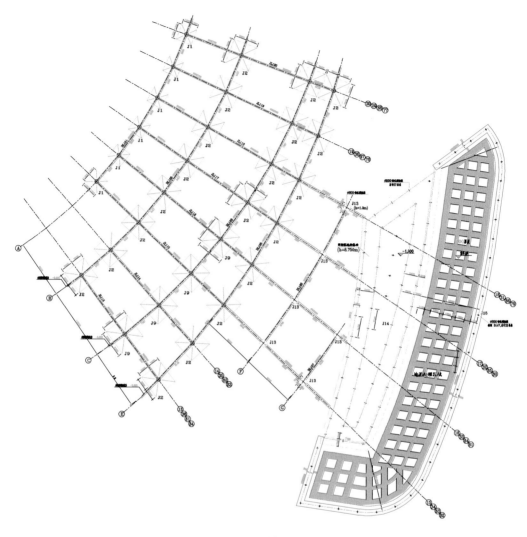

图3-6　单元基础平面图

拱脚承台被动区加固说明：

1. 本工程拱脚承台被动区加固可采用高压旋喷成桩，也可采用深层搅拌工艺（要求置换率$m \geqslant 0.7$）成桩。

2. 水泥土桩的搭接宽度不小于150mm。

3. 水泥土桩采用425号水泥，每立方水泥土桩水泥用量不应小于250kg。

4. 水泥土桩边坡支护墙应有28天以上的龄期，方能进行基坑开挖。

5. 本工程桩采用全长复搅工艺。

6. 成桩后7天采用静力触探检测。所测得的比贯阻力不应低于原状土指标的2倍。

7. 水泥土桩达到强度后，取桩数的2%钻取桩芯，桩芯应呈硬塑状且无明显的夹泥、夹沙、断层等现象。

8. 本水泥土桩应连续施工。

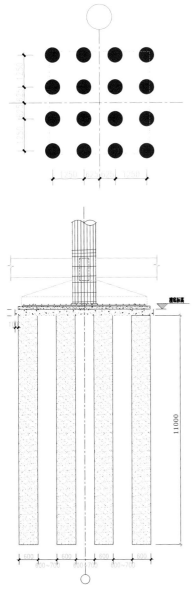

图3-7 高压旋喷桩地基处理平剖面图

地基处理设计说明：

布桩设计：

1. 高压旋喷桩共 10084 根，桩径 ϕ600mm，桩距 1.2～1.3m，桩深 12m。

2. 桩上铺设200mm厚碎石（或级配砂石）褥垫层，静压压实后再做垫层及基础，压实后的褥垫层厚度与虚铺厚度之比不得大于0.9。

关于试桩：

1. 依据《建筑地基处理技术规范》的有关规定，旋喷桩的强度、直径和处理深度等应通过现场试验确定。

2. 因此，在工程正式布桩施工之前，应进行现场试喷，其目的是：

1) 确定合理的喷射方法和机具。

2) 验证设计所采用的桩径、桩距和桩深等参数的合理性。

3) 确定喷射压力、流量、喷嘴、旋转及提升速度等喷射参数。

4) 确定浆液水灰比及所用外加剂的类型。

注浆施工及检测：

1. 浆液制备的时间应在旋喷前1小时以内，使用前应滤去硬块、砂石等杂物，以免堵塞管路、喷嘴。

2. 当一根桩不能连续提升完毕时，分段提升的搭接不得小于100mm。

3. 桩基施工完毕后，应由有检测资质的单位进行桩体及复合地基承载力检验，静载试验按2‰，小应变试验按6%随机抽取检测。

4. 旋喷桩复合地基承载力应通过现场复合地基载荷试验确定。复合地基静载试验方法按《建筑地基处理技术规范》JGJ79-91执行。

5. 检测结果文件报勘察及设计单位确认后，才可进行下道工序的施工。

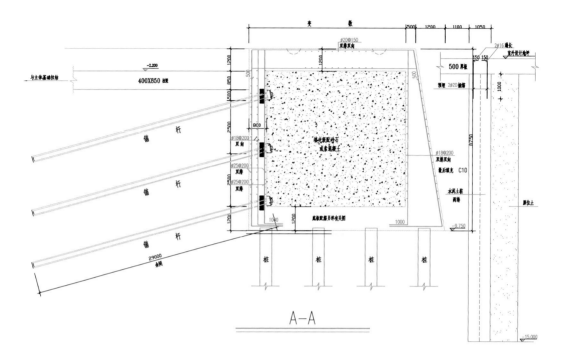

A–A

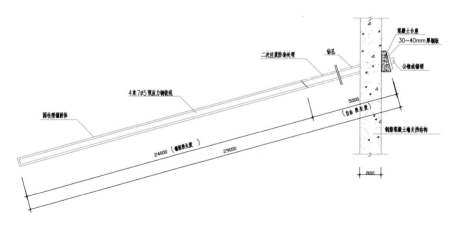

图3-8 拱脚落地基础剖面及锚杆详图（沈云飞绘）

3.2.4 结构平面设计

结构平面布置采用主次梁结构，部分单元的楼层结构平面图如下：

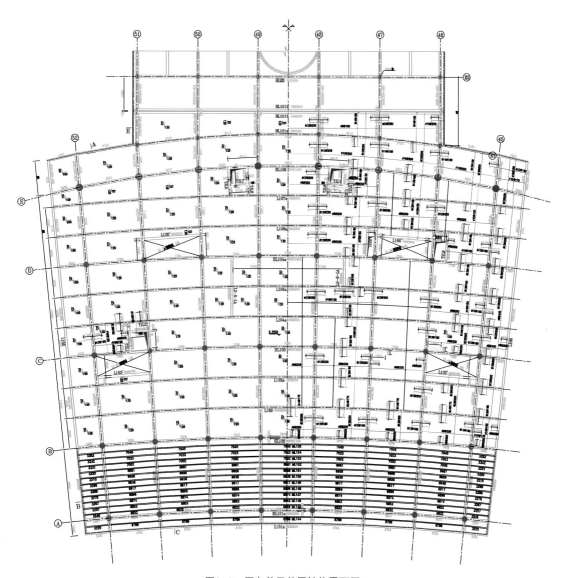

图3-9 正东单元首层结构平面图

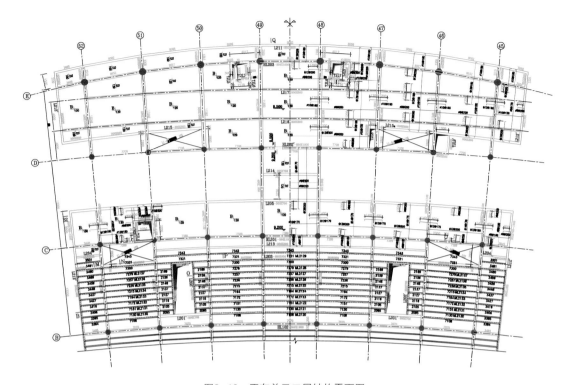

图3-10　正东单元二层结构平面图

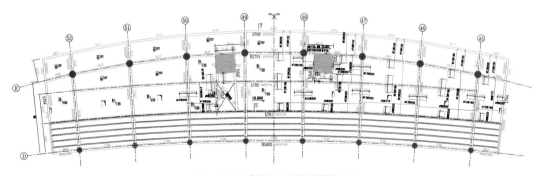

图3-11　正东单元三层结构平面图

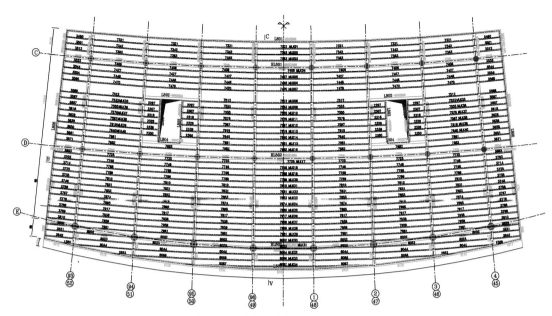

图3-12　上层观众看台结构平面图

3.2.5 结构剖面设计

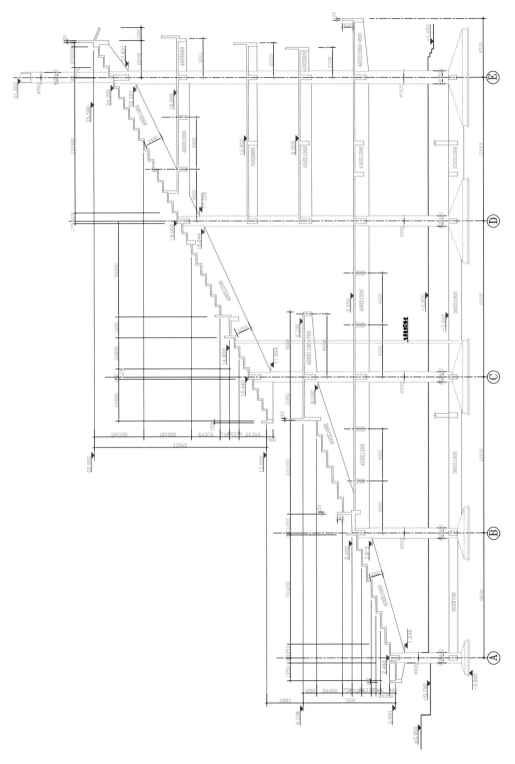

图3-13 典型框架结构径向剖面图

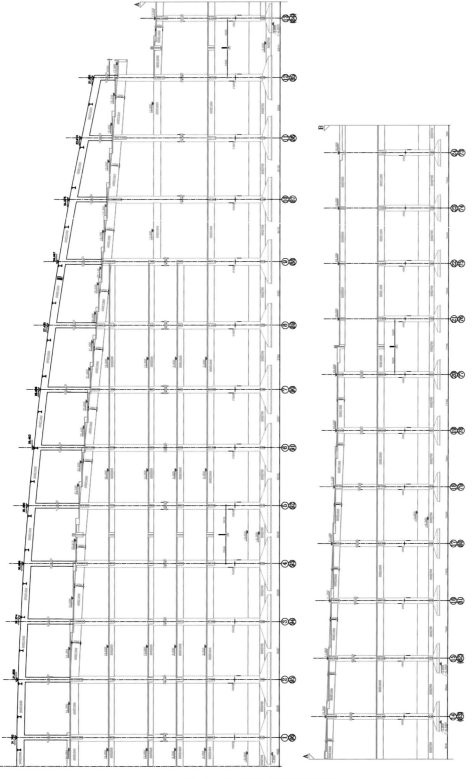

图3-14　环向E轴框架结构剖面图

3.2.6 记分牌结构设计

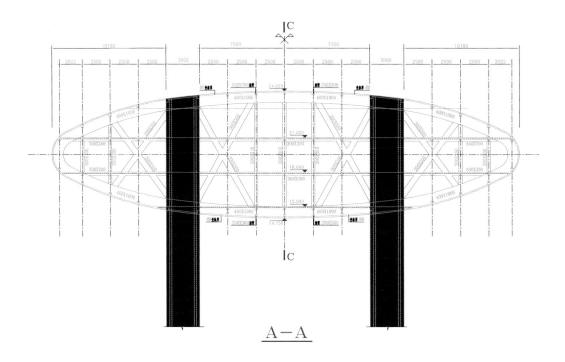

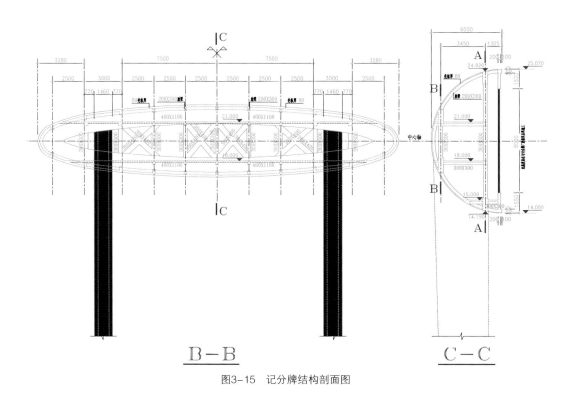

图3-15 记分牌结构剖面图

3.2.7　罩棚钢网架结构设计

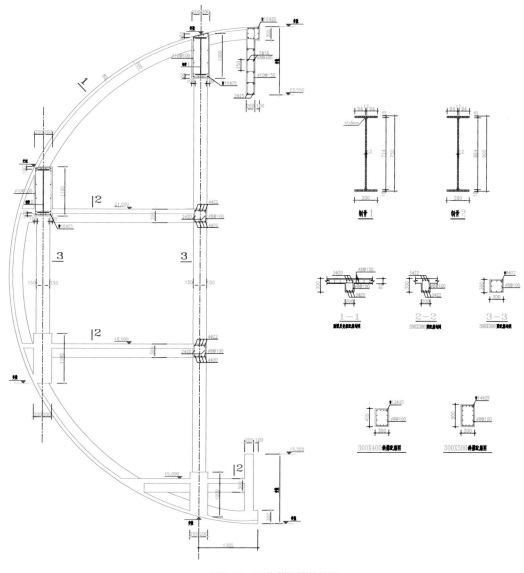

图3-16　记分牌配筋构造图

计分牌结构设计说明：

　　1. 计分牌结构构架上应依照计分牌厂家的要求留设埋件，其位置及作法待厂家确定后再与其协商预埋。

　　2. 本计分牌结构构件（钢骨混凝土环梁、钢筋混凝土肋梁、斜撑、立柱及楼层梁）内的纵向受力钢筋应采用机械连接（冷挤压或锥螺纹等）或焊接，不得采用搭接连接。

　　3. 混凝土采用C30，其性能还应符合结1第4条第1、2项说明的有关要求。

　　4. 钢骨构件的钢材采用Q345B，其质量应符合现行国家标准《低合金高强度结构钢》（GB/T1591）的要求。同时要求其强屈比大于1.2。

　　5. 楼层梁及肋梁的钢筋遇钢骨时，应在钢骨腹板穿孔通过，不得采用焊接过渡。

图3-17　橄榄型记分牌内景照片

图3-18　橄榄型记分牌外景照片

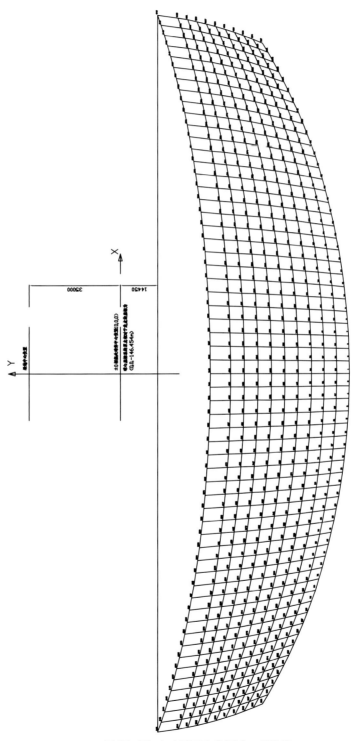

图3-19　罩棚钢网架上弦平面图 (刘季康、韩巍绘)

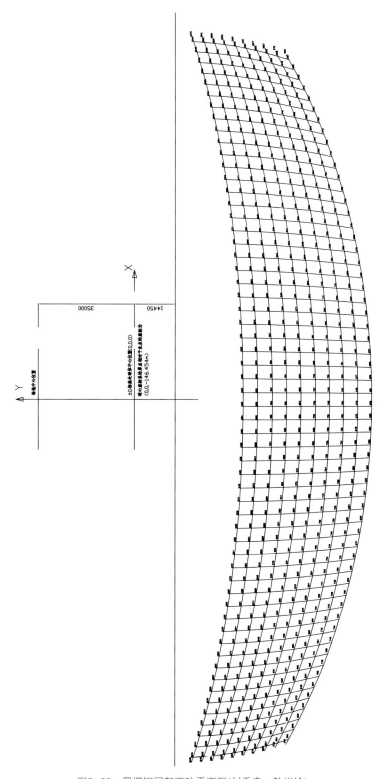

图3-20　罩棚钢网架下弦平面图(刘季康、韩巍绘)

图3-21　罩棚钢网架结构施工中

图3-22　罩棚完成后内景照片

3.2.8　构件计算算例

算例一：独立基础计算算例

1. 确定基础尺寸

TBSA计算产生F_1=8225.9kN（设计值）

地梁及首层隔墙产生F_2（梁按6.0 kN/m计）

F_2=[6.0 × (7.7+12.0)+(7.7+12.0) × 6.25 × 3.0] × 1.2=585.09kN

$F=F_1+F_2$=8810.99kN

$$A \geqslant \frac{F}{f - 20d} = 8810.99 \div (290 - 20 \times 3.20) = 38.987 \text{m}^2$$

考虑偏心增大 $A = 1.05 \times 38.987\text{m}^2 = 40.936\text{m}^2$

$$\approx 6.398 \times 6.398\text{m}^2$$

实取 $A = 6.40 \times 6.40\text{m}^2$

2. 抗冲切验算(混凝土采用C30)

$A = B = 6.40\text{m}$, $d = 0.80\text{m}$, $F = 8810.99\text{kN}$, $f_t = 1.5\text{MPa}$

取: $h = 1.50\text{m}$, $h_0 = 1.46\text{m}$

单位面积上的基底净反力设计值:

$P_s = F/A = 8810.99 \div 6.4^2 = 215.112\text{kN/m}^2$

阴影部分面积:

$A' = A \times B - (d + 2h_0)^2 = 6.4^2 - (0.8 + 2 \times 1.46)^2 = 27.122\text{m}^2$

则冲切力 $F_l = P_s \times A' = 215.112 \times 27.122 = 5834.268\text{kN}$

$b_p = 4 \times (d + h_0) = 4 \times (0.80 + 1.46) = 9.04\text{m}$

抗冲切力 $= 0.6f_t \times b_p \times h_0 = 0.6 \times 1.5 \times 10^3 \times 9.04 \times 1.46$

$$= 11878.56\text{kN}$$

$F_l < 0.6f_t \times b_p \times h_0$, 满足抗冲切要求。

3. 配筋计算(采用II级钢, $f_y = 310\text{N/mm}^2$)

$$M_A = M_B = \frac{1}{24}(6.4 - 0.8)^2(2 \times 6.4 + 0.8) \times 215.112 = 3822.684\text{kN} \cdot \text{m}$$

$$A_S = A_{SA} = A_{SB} = \frac{M_B}{0.9(h_0 - d)f_y} = \frac{3822.684 \times 10^6}{0.9 \times (1460 - 20) \times 310} = 9515\text{mm}^2$$

$$\frac{A_S}{B} = \frac{9515\text{mm}^2}{6.4\text{m}} = 1487\text{mm}^2/\text{m}$$

选配双向 Φ18@160 ($1590\text{mm}^2/\text{m}$)

算例二：环沟挡土墙计算算例

已知：挡土墙高h=2.7m，地面活载10kN/m^2，

　　基础板宽 1.8m(假定)， 埋深1.25m，

　　土的容重γ=18kN/m^3，土的安息角ϕ=30°

(1)墙身计算

决定土压力：

　　根据ϕ=30°，查表得m=0.333

假定：①壁身后表面和土壤的摩擦力不计，偏于安全。

②土压力按三角形分布，重心在距基础$\frac{h}{3}$处，均布活载

所产生的压力按矩形分布，重心在距基础$\frac{h}{2}$处。

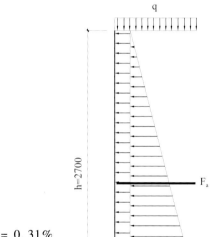

由公式：

　　$p_1 = m\gamma h = 0.333 \times 18 \times 2.7 \times 1.2 = 19.421\text{kN/m}^2$

　　$p_2 = mq = 0.333 \times 10 \times 1.4 = 4.662\text{kN/m}^2$

　　$F_a = \frac{1}{2}p_1 h + p_2 h = 0.5 \times 19.421 \times 2.7 + 4.662 \times 2.7$
　　　　$= 26.22 + 12.59 = 38.81\text{kN/m}$

(2) 垂直壁身计算

(A)壁身力矩：

$M = 26.22 \times \frac{2.7}{3} + 12.59 \times \frac{2.7}{2} = 40.6\text{kN·m}$

混凝土C20，钢II级

设计强度f_{cm}=11.0N/mm^2，f_y=310N/mm^2

　　$\alpha = \frac{M}{bh_0^2} = \frac{40.6 \times 10^6}{1000 \times 210^2} = 0.921$　　查表$\rho = 0.31\%$

$A_s = \rho bh_0 = 0.0031 \times 1000 \times 210 = 651\text{mm}^2/\text{m}$

选用Φ14@180（A_g=855mm^2/m）

(B) 挡土墙基础计算：

墙自重G_1=2.7×0.25×25×1.2=20.25kN/m，a_1=0.9−0.125=0.775m

基础板重G_2=[(0.15×1.8)+0.5(0.25+1.8)×0.15]×25×1.2

　　　　=12.71kN/m，　　a_2=0.9m

土重及活重G_3=0.9×2.77×18×1.2+0.9×10×1.4

　　　　=53.85+12.6=66.45kN/m，　　a_3=1.35m

总重$G=G_1+G_2+G_3=20.25+12.71+66.45=99.4$kN/m

稳定力矩：

$$M_s=20.25\times0.775+12.71\times0.9+66.45\times1.35$$
$$=116.84\text{kN·m}$$

倾倒力矩：

$$M_c=26.22\left(\frac{2.7}{3}+0.3\right)+12.59\left(\frac{2.7}{2}+0.3\right)=52.24\text{kN·m}$$

全部合力作用点到A点的距离：

$$a'=\frac{116.84-52.24}{99.4}=0.65\text{m}$$

由于$3a'=1.95$m>1.8m,故为全截面受压，如下图

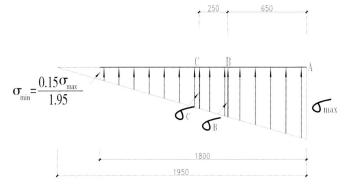

由：$0.5(\sigma_{max}+\sigma_{min})\times1.8=99.4$kN/m

解得：$\sigma_{max}=103$kN/m$^2<1.2\times180$kN/m^2

$\sigma_{min}=7.92$kN/m^2

(C) 基础底板计算：

①B点处土壤应力：

$$\sigma_t=\frac{1.95-0.65}{1.95}\times103=68.67\text{kN/m}^2$$

前方土重及其混凝土板重不考虑，偏于安全

$$M_t=\frac{1}{2}\times68.67\times0.65^2+[(103-68.67)\times0.65\times\frac{1}{2}]\times(\frac{2}{3}\times0.65)$$
$$=14.506+4.835=19.341\text{kN·m}$$

$$\alpha=\frac{M}{bh_0^2}=\frac{19.341\times10^6}{1000\times260^2}=0.286 \quad 查表\ \rho=0.092\%$$

$A_s=\rho bh_0=0.00092\times1000\times260=239$mm^2/m (墙壁筋锚下即可)

②C点处土壤应力：

$$\sigma_C = \frac{1.95 - 0.9}{1.95} \times 103 = 55.5 \, kN/m^2$$

$$M_C = G_3 \times 0.45 - [\sigma_{min} \times 0.9 \times 0.45 + (\sigma_C - \sigma_{min}) \times 0.9 \times 0.5 \times 0.3]$$

$$= 66.45 \times 0.45 - 9.63 = 20.273 \, kN \cdot m$$

$$\alpha = \frac{M}{bh_0^2} = \frac{20.273 \times 10^6}{1000 \times 260^2} = 0.300 \qquad 查表 \, \rho = 0.145\% \, (Ⅰ)$$

$A_s = \rho b h_0 = 0.00145 \times 1000 \times 260 = 377 mm^2/m$

令 $\cot \alpha = 90/15 = 6.0$　得 $\alpha = 9.46°$　$\cos \alpha = 0.986$

$A_s = 377/0.986 = 382 mm^2/m$

选用 $\phi 10@170(A_g = 462 mm^2/m)$

（D）挡土墙抗倾倒核算：

　　有利的永久荷载系数取0.8

　　活载取1.0

$$M = (20.25 \times \frac{0.8}{1.2}) \times 0.775 + (12.71 \times \frac{0.8}{1.2}) \times 0.9 +$$

$$\qquad (53.85 \times \frac{0.8}{1.2}) \times 1.35 + 9 \times 1.35$$

$$= 13.5 \times 0.775 + 8.473 \times 0.9 + 35.9 \times 1.35 + 9 \times 1.35$$

$$= 10.463 + 7.626 + 48.465 + 12.15$$

$$= 78.704 \, kN \cdot m > M_C = 52.24 \, kN \cdot m \, （可以）$$

（E）挡土墙抗滑移核算：（系数同D项）

　　土及活载所引起的基础底面之横向力：

$$F_a = \frac{1}{2} m \gamma h' \times h' + mqh'$$

$$= \frac{1}{2} \times 0.333 \times 18 \times 1.2 \times 3 \times 3 + 0.333 \times 10 \times 1.4 \times 3$$

$$= 32.37 + 13.986 = 46.356 \, kN$$

$$(h' = h + 0.3)$$

$G = 13.5 + 8.473 + 35.9 + 9 + 0.65 \times 1.025 \times 18 \times 0.8 = 66.873 + 9.594 = 76.467 kN$

　　摩擦系数 μ 取0.6

　　$\mu G = 0.6 \times 76.467 = 45.88 kN$（约欠1%，可以）

3.3　总结与思考——规范原则的辩证认识

大家可能都不会忘记我们大学毕业后来到设计院所作的第一件事，那就是要领取一套多本含有不同内容的、叫做"规范"的东西。从此，只要你不离开这个行当，它们就会一直形影不离地陪伴在你的左右。这些本本里面的条条即是用来约束我们这些设计师专业设计行为的"框框"。

并且，每隔上十年左右，建设行政主管部门都会把那些在各专业设计领域有所建树或研究成果的一群叫做"专家"的人们召集起来，与时俱进地再编一套所谓的"新版本"，并由建设部向全国发布。各设计院也会争先恐后地购买，然后盖上"当前有效版本"章后再向设计人员发放一次，再然后就要掀起贯彻学习新规范的高潮，书店里的相关资料和教科书也会跟风升版、卖钱。

如此周而复始。

那么，作为一个专业设计工作者，我们究竟应该把"规范原则"放在怎样的位置上？对具体的规范条文我们又当如何去执行呢？我国《混凝土结构设计规范》的主编人徐有邻先生对现行规范的"局限性"总结为如下几点：

1. 技术问题法制化不利于进步和发展；

2. 普遍强制失去了其严肃性；

3. 编制（修订）周期过长不利于新技术推广；

4. 技术大包干影响了积极性、创造性的发挥；

5. 标准规范数量庞大引起交叉、重复、矛盾；

6. 强制内容过多造成责任不明；

7. 造成了对标准、规范的过分依赖。

可以看到，包括众多规范标准编制者们在内的大多数人对"规范"的局限性是有着清醒的认识的。但另一方面，规范的"局限性"并不能否定规范的"必要性"，建筑技术行业里为什么要有规范呢？日本结构工程师斋藤公男是这样理解"规范"的作用的：

"为了大量生产，就必须组建社会与技术框架。大量生产需要大量的技术人才，而大量的技术人才中不一定都有较高的技术水平。因此要求将高度的理论变换并普及成对普通技术人员来说比较容易利用的实用体系"。

作者非常认同上述表述，结合本书第一章中有关"设计手段"一词的定义，从引申的意义上说：**规范就是架设在设计理论和经验间的一座桥梁**。这样一种理解，对我们结构设计从业者十分重要。

现实情况是，我们常常会在"理论的烟幕下"犯一些常识性的错误。或者用似乎是基于理论的"泛概念设计"来曲解真正的"结构设计逻辑与概念"。英国的结构工程师Chas E. Reynolds如是说：

现今的设计虽受规范条文的限制，但设计者必须通过思考和判断去了解其内容、吃透其中的实质含义，而不是仅仅去满足允许的最低限值。

下面作者举几个例子，说明一下我们应该如何对规范条文进行辩证的理解。

例一：如何理解《高层建筑混凝土结构技术规程》（JGJ3-2002）的第4.3.5条？

《高规》本条的立法依据是建立在对大量高层建筑地震震害的调查和分析的基础上的。立法的出发点是对高层建筑结构平面不规则布置引起的"震致扭转效应的程度和频度"进行限制，方法是通过规定高层建筑层间位移的比值和结构扭转与平动主导振型间的比值来实现这一限制。

大家知道，规范依据其条文所规定内容的性质不同，大致可以分为构造性条文、计算原则性条文和结构性能控制性条文，而且尤以结构性能控制性条文对结构设计的影响最为显著。高规本条的规定就是这一性质的条文。

本条规定出台几年来，大家可以看到，虽然这不是一条黑体字的强制性条文，但本条的影响甚远，不仅是各种会议论文、各种杂志文章乃至各设计院的技术措施等对此都有应对方略，某些论文的主题思想就是论述某个个体项目的结构布置如何巧妙地满足了这条"规定"，还有一些文章探讨的是在哪些情形下我们可以放松这条"规定"。

笔者认为：《高规》的本条规定有两个先天的缺陷，一是规定的限值没有和场地的抗震设防烈度挂钩，使得在一些非抗震设防区或者低烈度设防区，本来不应当是震控的结构布置方式，由于机械地执行本条的限值，把本来用简单的框架结构就可以解决的问题，为了追求这一规定的"严肃性"而改为框架——剪力墙结构了；二是高层建筑千差万别，低的十层二十八米，高的百层几百米，有细高的，也有平长的，这种只按A、B分级高度区别限制大小的规定让规范的本条文变得很是没有"精度"。

希望在新规范的修订时，对本条文重点并细化地加以考量。

例二：如何理解《混凝土结构设计规范》(GB50010-2002)中第9.1节有关结构伸缩缝设置的条文？

现在的体育建筑设计（包括其他大尺度建筑设计）都存在着这样一种倾向——建筑师们希望结构伸缩缝越少越好，即结构单元长度越长越好，最好不设伸缩缝，这样，建筑可以减少处理结构伸缩缝构造上的麻烦。同时，对体育场等外露结构也可以减小伸缩缝处构造处理不当所带来的漏水问题，对此，结构设计师应当给予充分的理解。但问题是，我们结构工程师们究竟如何把握住一个合适的"度"，在最大限度满足建筑师期望的同时保证结构使用期内温变效应的可靠性。

我们所要回答的问题是：以现有的结构构造处理方式（包括混凝土品质控制、留设后浇带、采用钢骨或预应力结构等）和温度作用的分析精度下，对于像体育场看台这样的"外露"结构物，现浇看台板的一个结构单元究竟可以做到多长？

笔者的看法是：现浇体育场看台结构，无论采用何种温度裂缝限控措施，应以不突破规范规定的一倍限值为界，否则，看台结构在其使用年限内由于温度作用所产生的功能性裂缝将难以避免。

下表为笔者统计的国内外部分体育场结构伸缩缝设置情况：

表3-1　部分体育场结构伸缩缝设置相关情况统计表

体育场名称	竣工时间	环分单元数量	看台防裂技术措施	目前状况
北京工人体育场	1959	24	1. 局部罩棚 2. 其他措施未知	1. 1986年～1989年历时3年大修改建 2. 目前，为08奥运进行再一次的修缮改建
北京奥体中心体育场	1989	20	1. 局部罩棚 2. 其他措施未知	看台存在漏水现象，目前，正为08奥运进行大修及改建
上海8万人体育场	1997	0	1. 全罩棚 2. 框架全预应力 3. 其他措施未知	看台结构已经出现较多开裂
青岛颐中体育场	2000	4	1. 膜结构全罩棚 2. 预制装配式看台板 3. 其他措施未知	在结构单元远端的现浇板、外附的楼梯构件等出现裂缝现象
河南省体育中心体育场	2002	12	1. 双侧钢网架大罩棚 2. 加强配筋的现浇看台板，上覆50厚配筋混凝土防裂面层 3. 看台面混凝土中添加微膨胀剂、防裂聚丙烯纤维	看台及楼层板状况良好，至今未发生开裂
烟台体育中心体育场	2002	12	1. 双侧张拉膜大罩棚 2. 加强配筋的现浇看台板，上覆50厚配筋混凝土防裂面层 3. 看台面混凝土中添加微膨胀剂 4. 采用单元间搭接分缝	1. 看台及楼层板状况良好，尚未发生开裂 2. 伸缩缝部位发生雨水渗漏现象
新疆体育中心体育场	2003	12	1. 钢网架全罩棚 2. 加强配筋的现浇看台板，上覆50厚配筋混凝土防裂面层 3. 看台面混凝土中添加微膨胀剂	看台及楼层板状况良好，尚未发生开裂

（续表）

体育场名称	竣工时间	环分单元数量	看台防裂技术措施	目前状况
南京体育中心体育场	2005	0	1. 双侧落地拱大罩棚 2. 看台框架的环、径向施加连续预应力 3. 看台面混凝土中添加微膨胀剂、防裂聚丙烯纤维	未知
天津奥林匹克体育场	2007	0	1. 钢桁架全罩棚 2. 双层看台板结构：下层为有油毡防水层的全钢骨混凝土现浇框架结构，上层为预制装配式看台板 3. 其他措施未知	未知
国家体育场（鸟巢）	2008	6	1. 钢骨架全罩棚 2. 预制装配式看台板 3. 加强楼层现浇板配筋并施加双向预应力	未知

对这个问题，目前结构设计师们的看法和对具体工程的掌握尺度有着很大的差异，随着技术与经济水平的发展，我们现在所要设计的结构物体量越来越大，本条规定因而已经成为关乎结构全局布置的问题。

因此，作者也希望规范编制者们能在新规范的修订时考虑到个体工程设计师们的困难，进一步提高本节相关规定的指导"精度"。

例三：结构设计如何遵循基本的"抗力比较原则"？

结构设计的"抗力比较原则"是工程师对工程结构进行力流组织时必须要遵循的一些基本原则。

规范中有许多条文规定是用来使结构实现"强柱弱梁、强节弱杆、强底弱干"的，这些原则是规定结构构件"优先存在顺序"的常识性的要求；而像规定"强剪弱弯，强压弱拉"等这样一些构件的或结构的抗力设计比较原则，则是在对构件或结构进行"性能顺序设定"。

在具体工程设计时，对这些基本原则的把握非常重要。否则，我们可能花费了很大的代价去实现了"某一类"构件的抗力水平提高，但没有顺序调整后续力流传递构件或基础的抗力水平，这样虽然某一类结构构件"变强"了，同时，结构建设成本也增加了，但却不能给结构带来我们所期望的"安全"，有时恰恰相反，还会由此给结构带来安全上的"隐患"。

众所周知的安德鲁设计的巴黎机场2E候机楼通道屋顶坍塌事故，就是违背这一原则而导致事故的典型案例：

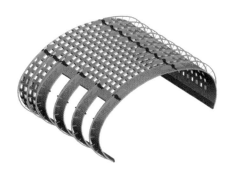

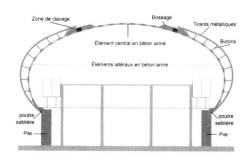

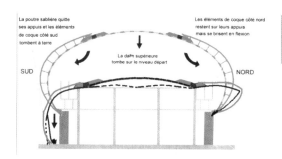

第一幕：作为拉压组合截面的压区混凝土构件在外载（可能是温变引起）的作用下溃折（设计或施工削弱原因导致，违背"强压弱拉"设计原则，如拉区钢杆先屈服当有预警）；

第二幕：左边界因抗力设计不足而脱落。违背"强节弱杆"原则，否则下面的受害者可能有等待救援的生存空间；

第三幕：如图，悲剧发生了！

例四：如何避免对"性能化抗震设计"的误读？

这几年来，由西方引进的"性能化抗震设计"和"性能化消防设计"概念，已经深深地影响了我国设计施工的许多重要建筑的结构和消防设计。

地震和火灾同属在建筑生存年限内可能发生的小概率事件，以前，由于计算和分析手段的限制，规范都是以某些硬性条文的方式对相关设计进行原则性的规定的。然而，随着可靠度理论和计算机分析手段的提高，也是为了更准确地追踪这类"小概率"事件所产生的"效应"，由经验性规定走向理论性计算就成为一种趋势。

与此同时，我们还应该认识到，结构设计本身就是一个"全程性能化"的设计，规范所确立的一些基本原则是具有普遍指导性的，"性能化抗震设计"只是抗震设计的一种手段，对抗震设防目标的任何随意性的解释都会造成结构设计逻辑上的混乱，对此我们应该加以避免。

如同"拉登"式袭击不能作为结构受载的输入条件一样，结构体是在特定的、有限度的外力作用下才可以存在的。

比如，《抗规》的强制性条文——第3.2.1条，它有几层含义：

1."三水准、两阶段"设计是国家所有建筑结构抗震设计须遵循的统一原则。它是兼顾安全与经济原则的一种"平衡性"的选择。

2.国家对建筑物结构抗震的设防水平是采取"国土分区，区内分类"的方式进行的。

"两阶段"设计的"第二阶段设计"，即所谓"大震不倒"设计，其"不倒"的标准，依据现行规范，就是指《抗规》第3.5.2条表中所列的层间位移限值（规范也只是一个大致的经验规定）。我们在结构设计时可以按照"性能化抗震"的原则要求"设定"某些"重要构件"在"大震或中震持时过程中保持弹性"，但是，对由构件群组成的结构进行全构件"大震弹性"设计则是违背国家抗震设防的统一原则的，是对个体设计搞"特殊化"，由此增加的大量的结构建设资金的投入则是没有必要的。

同时，笔者认为，对已经设定为"大震弹性"的构件进行"屈服后性能的控制"也是没有必要的。比如对这类构件材料强度的"强屈比"的控制以及对弹性构件节点的"延性构造控制"，从结构设计逻辑上说都是没有必要的。

例五：关于"刚度控制指标的合理性"问题

结构的"刚度控制"问题是结构设计的一个重要方面。广义地说，结构抗震设防震致效应的"三水准、两阶段"设计，归根结底还是结构刚度的控制问题，同样，结构的"风致效应的控制"及"人致振动控制"等（包括"位移比"、"周期比"等指标），终究都可以归结为结构的刚度控制问题。

要正确地把握具体工程结构的刚度控制原则，结构设计师就必须要准确理解结构刚度控制的目标。比如，我们说"人致振动的舒适度控制"，对结构来讲，即是指"结构楼板的、竖向的振动频率控制"问题（见徐培福著《复杂高层建筑结构设计》一书），它和"结构整体刚度（频率）控制"是两个完全不同的概念。

又比如，根据国际泳联"FINA"的要求，对于独立计算的"跳塔结构"，要求其双向自振频率不得小于3.5Hz，同时，要求悬挑跳板结构的竖向自振频率不得小于10Hz。这样的一些要求，是基于对约十几米高度的跳塔结构、对须要"静态心理感受"的跳水运动员"自致自感振动"的"特定的控制指标"。也就是说，对这样的一些控制指标是不能"推而广之"的，否则，就将会产生一些严重不合理的结构。

04

中国国家大剧院

4.1 工程概况

　　中国国家大剧院是国家的重点文化设施。其建设基地位于北京市长安街，天安门广场及人民大会堂西侧，长安街以南，石碑胡同以东，东绒线胡同以北，人民大会堂西路以西。占地面积为11.893万m²。据最新媒体报道，国家大剧院主体工程的总造价为30.67亿元人民币。

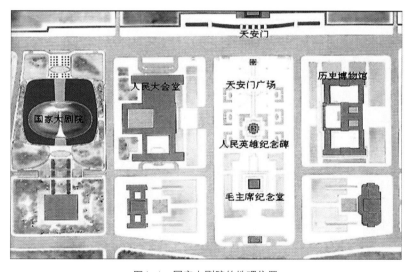

图4-1　国家大剧院的地理位置

　　大剧院内部分布有歌剧院、戏剧院、音乐厅三个独立的大型混凝土结构建筑。剧场主体部分的建筑面积为15万m²。主要观演厅观众规模为：

　　戏剧厅（西）：1200座

　　歌剧厅（中）：2500座

　　音乐厅（东）：2000座

　　小剧院（南）：500座

覆盖大剧院三个剧场的为一超大型半椭球钢楹梁支撑的壳体结构，壳体长轴为212.20m，短轴为143.64m，高度为46.285m。

图4-2   大剧院设计效果图

图4-3   建设中的国家大剧院

图4-4   竣工后的国家大剧院

椭球壳四周环绕着大型人工湖，湖面总面积为35500m²。

建筑设计中为表达方便，我们将整个工程由北至南依次分为201区、202区和203区。

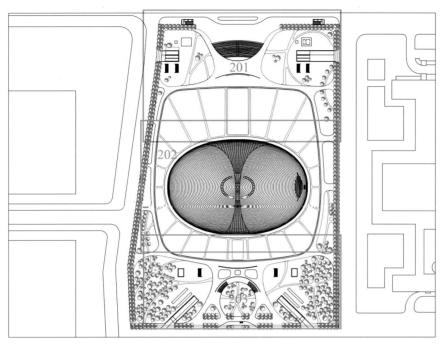

图4-5　建筑设计分区图

4.2　结构设计历程

根据笔者的记忆与梳理，国家大剧院的整个设计历程大致如下：

❋ 1998年04月~07月　中国国家大剧院第一轮建筑方案竞赛

❋ 1998年08月~11月　中国国家大剧院第二轮建筑方案竞赛

❋ 1999年7月22日　国家大剧院业委会报上级批准确定安德鲁方案为最终实施方案

❋ 1999年12月　北京市建筑设计研究院被确定为国家大剧院施工图设计国内配合单位

❋ 2000年03月　北京市建筑设计研究院一行30人赴巴黎配合ADP公司完善初步设计

❋ 2000年05月　施工联合体招标确定，基础土方工程开工

❋ 2000年07月~11月　北京市建筑设计研究院全面介入配合初步设计计算修改、制图，并配合ADP公司通过初步设计审查

❋ 2001年01月~2002年07月　202区、203区施工图完成

❋ 2002年08月~2003年09月　201区施工图（第一版图）完成

❋ 2003年09月　202区、203区土建结构施工完成并通过验收

❋ 2004年05月~2004年11月　201区修改施工图（第二版图）完成

❋ 2005年08月　壳体钢结构施工完成

❋ 2006年06月　201区结构施工完成，至此，国家大剧院结构施工全部结束

❋ 2007年09月　全部工程竣工验收，工程交付使用并进行试演

4.3 结构方案与初步设计

国家大剧院平面功能复杂多变，加上整个建筑都是以曲线交切布置的主轴线网控制。因此，给结构的平面构件布置带来了很大的困难。以下为ADP公司（主设计方）和北京市建筑设

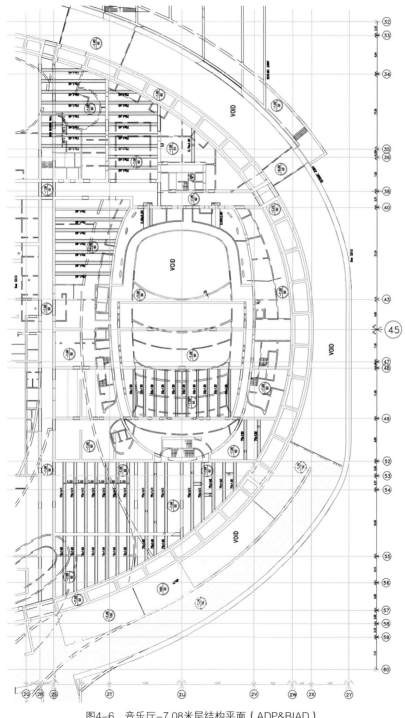

图4-6 音乐厅-7.08米层结构平面（ADP&BIAD）

计研究院共同完成的初步设计阶段的部分结构图纸：

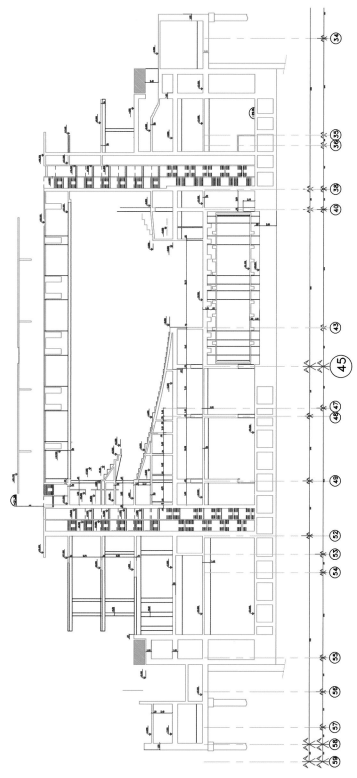

图4-7　音乐厅结构剖面图（ADP&BIAD）

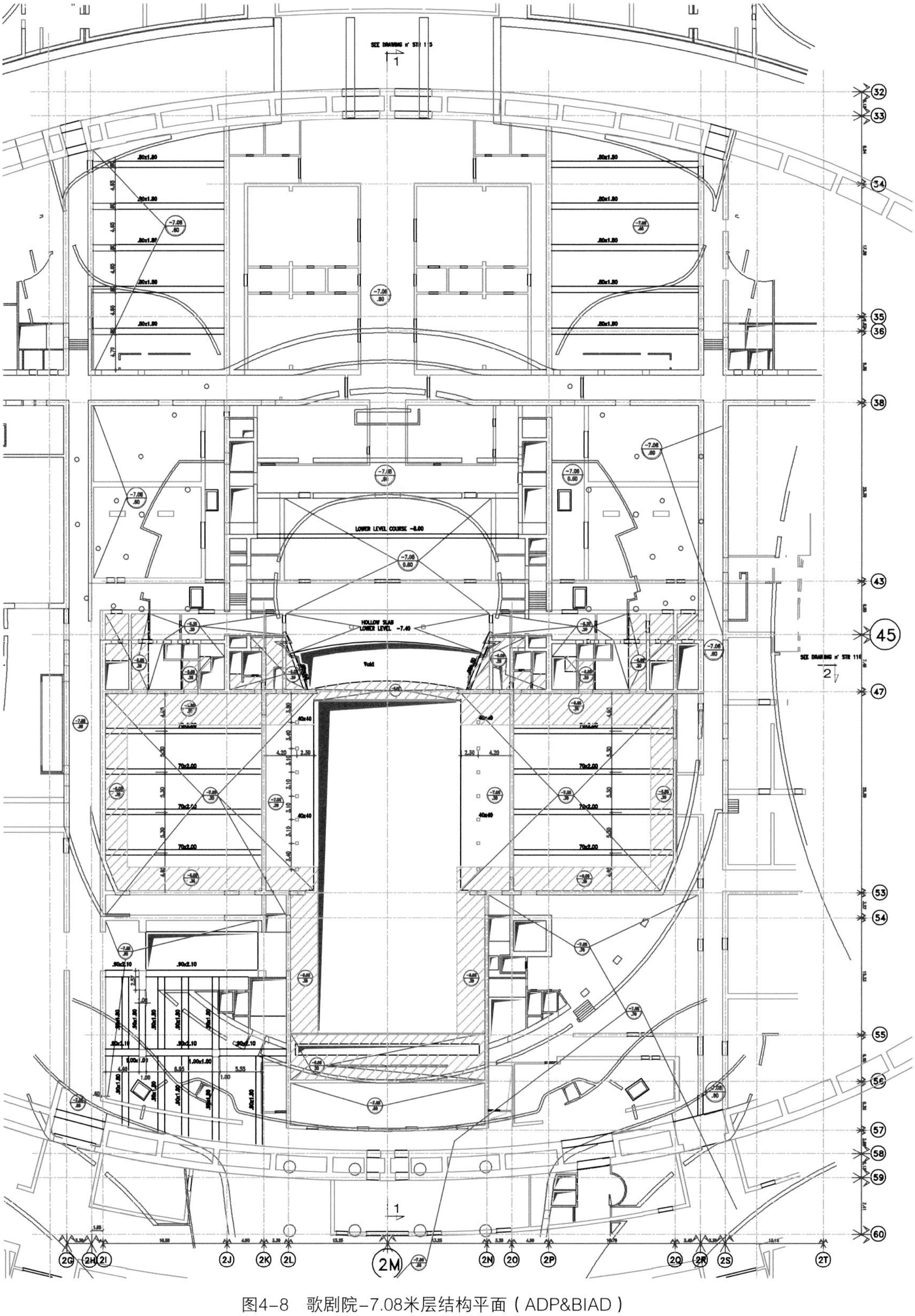

图4-8　歌剧院-7.08米层结构平面（ADP&BIAD）

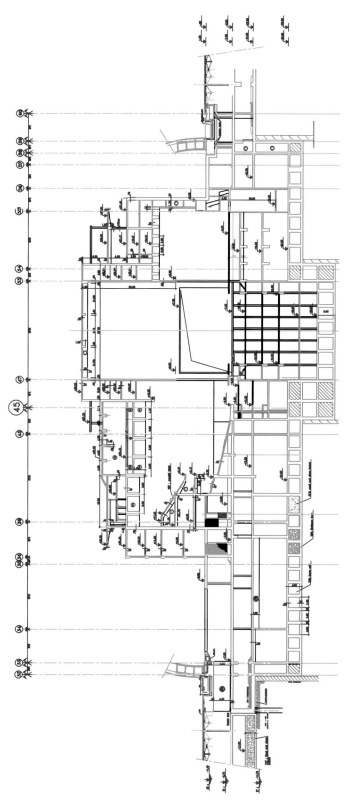

图4-9　歌剧院结构剖面图（ADP&BIAD）

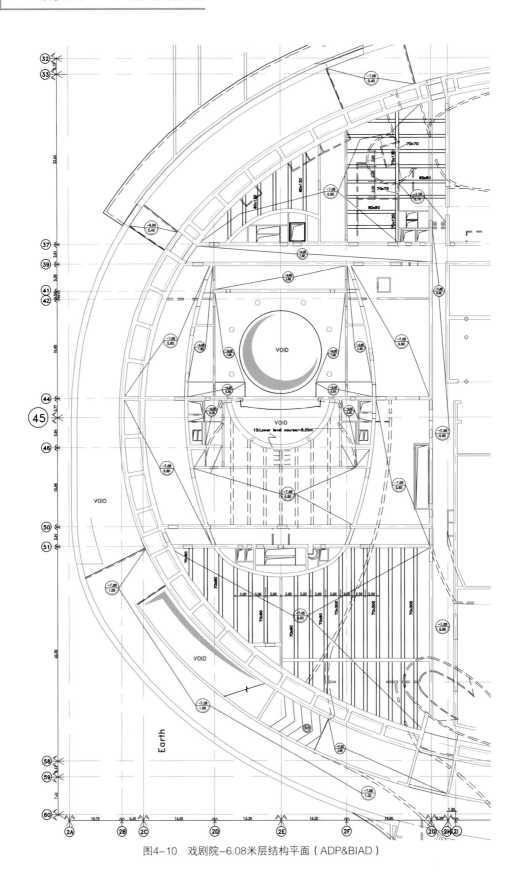

图4-10　戏剧院-6.08米层结构平面（ADP&BIAD）

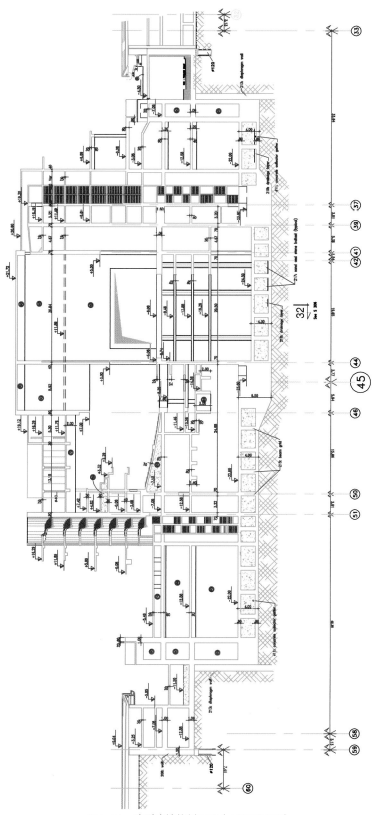

图4-11　戏剧院结构剖面图（ADP&BIAD）

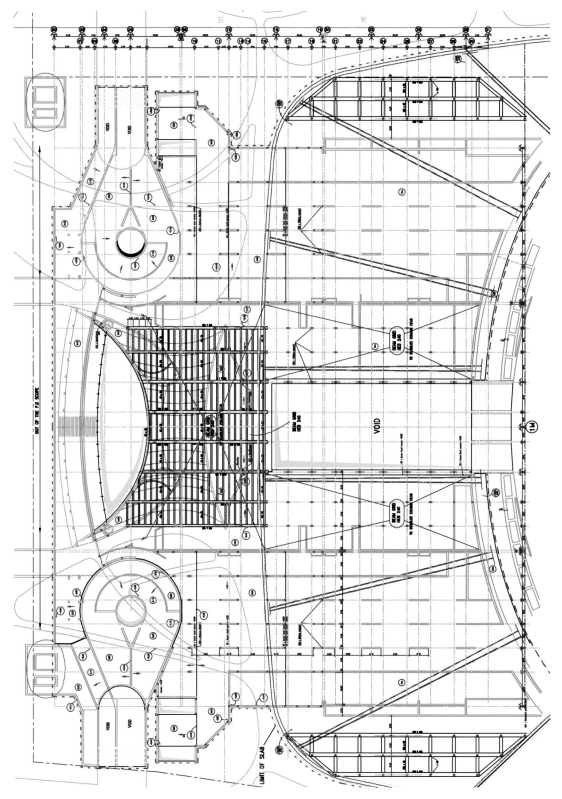

图4-12　201区水池层结构平面图（ADP&BIAD）

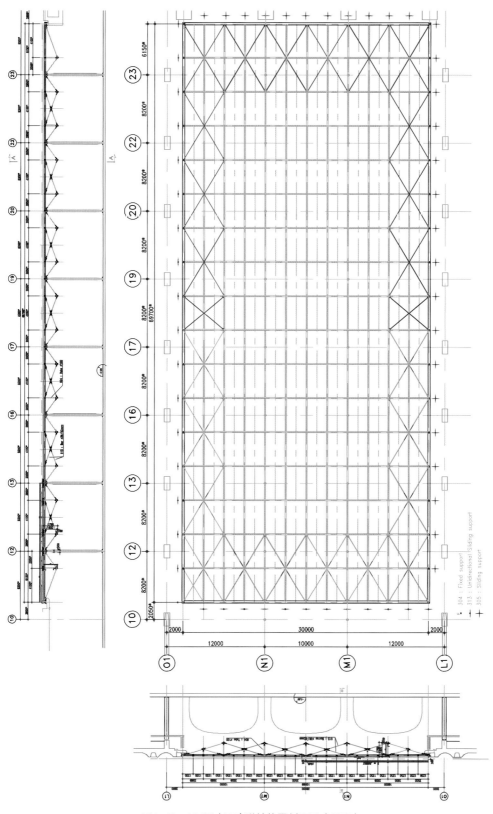

图4-13 201区水下廊道结构平剖面图（ADP）

图4-14 壳体钢结构与内部剧场结构关系

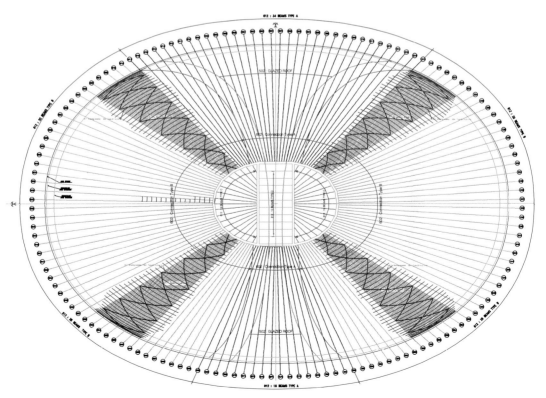

图4-15 壳体钢结构平面图（ADP）

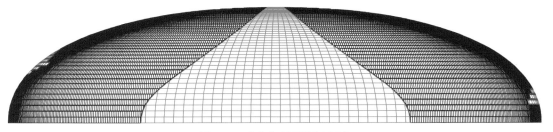

图4-16 壳体北立面图（ADP）

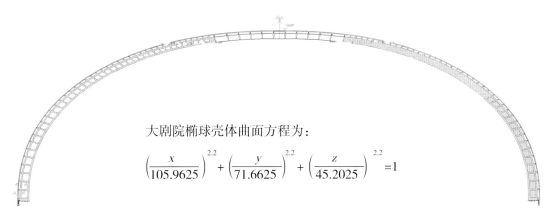

大剧院椭球壳体曲面方程为：

$$\left(\frac{x}{105.9625}\right)^{2.2}+\left(\frac{y}{71.6625}\right)^{2.2}+\left(\frac{z}{45.2025}\right)^{2.2}=1$$

图4-17 壳体剖面图（ADP）

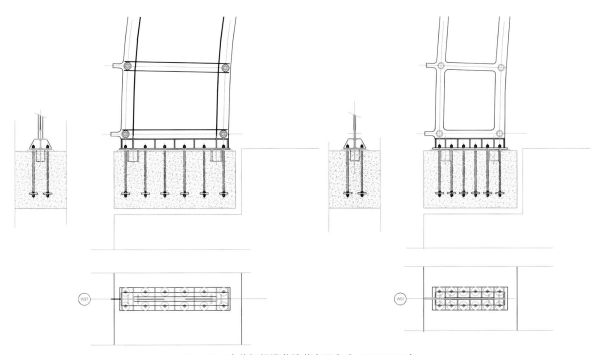

图4-18 壳体钢楣梁落地节点示意（ADP&BIAD）

4.4 结构施工图设计（201&203区）

4.4.1 结构设计标准

结构设计采用2000系列规范，基本设计标准及参数如下：

结构设计使用年限：	100年
结构抗震设防烈度：	强8度（$\alpha_{max}=0.18$）
建筑抗震设防类别：	乙类
基本风压：	$0.50kN/m^2$
基本雪压：	$0.45kN/m^2$
地基基础设计等级：	甲级
基础设计安全等级：	一级
人防抗力等级：	6级

勘察报告提供的基本数据如下：

场地类别：	II类
场地覆盖土的平均剪切波速：	>250m/s
场地覆盖层厚度：	约35m
场地土液化类别：在设防烈度作用下，场地土无液化可能	
±0.0对应的黄海高程：	44.750m
建筑抗浮设防水位：	−6.750m（绝对高程38.000m）
场地土标准冻结深度：	0.8m

结构基本用材如下：

现浇钢筋混凝土柱用混凝土：	C40 ~ C80
现浇梁、板用混凝土：	C30
基础板及地梁：	C30，S8 ~ S12
地下室外墙（含外墙柱）	C40，S12
现浇梁、板、柱用钢筋：	HPB235、HRB335及HRB400
壳体钢结构用钢材：	Q235及Q345B
预应力梁用高强低松弛钢绞线的极限抗拉强度：1860MPa	

4.4.2 201区基础结构

国家大剧院201区结构为全地下结构，最上层为水池结构。地基为天然地基，基础采用的是箱式结构基础。同202区一样，利用箱式基础层布置机电管线和通风设施，同时利用箱式基础空间填置抗浮配重材料，用以满足201区建筑的整体抗浮安全。

201区基础的部分设计图纸如下：

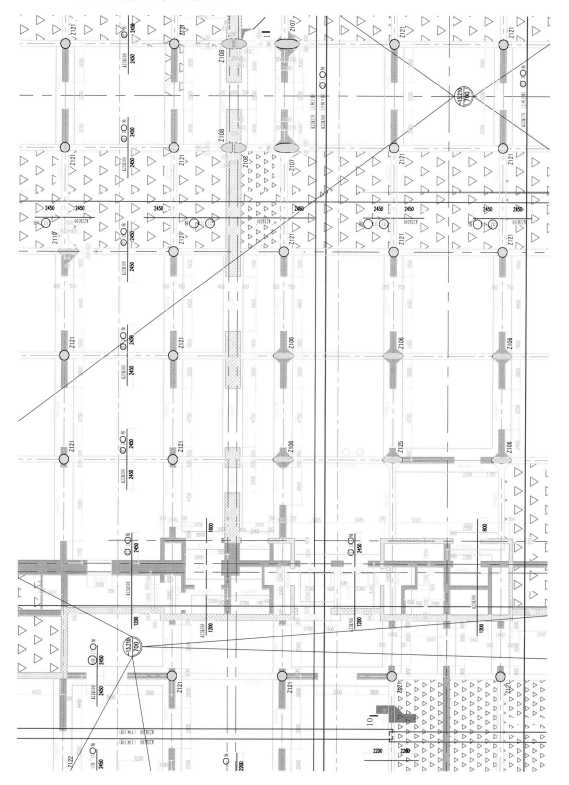

图4-19　201区基础底板结构平面图（局部，齐欣绘）

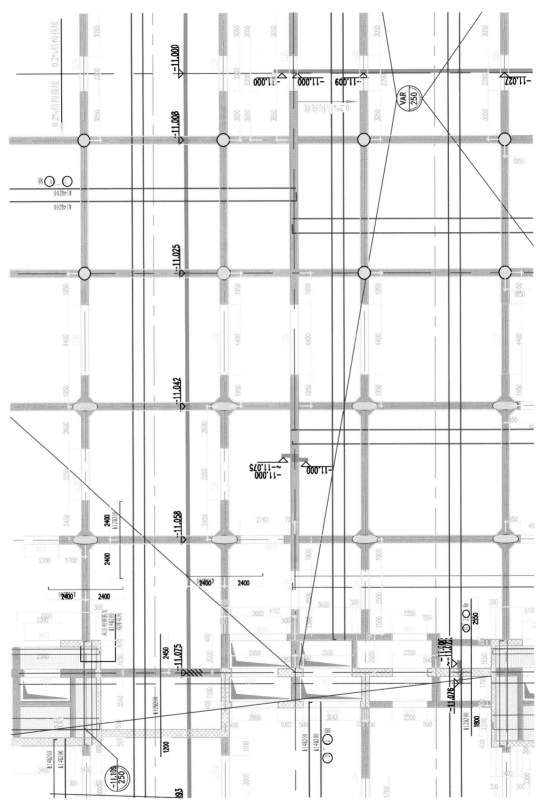

图4-20　201区基础顶板结构平面图（局部，齐欣绘）

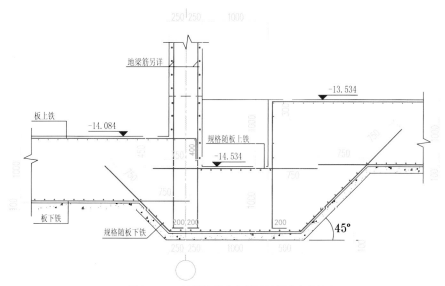

图4-21 201区基础节点剖面示例（齐欣绘）

4.4.3 203区基础结构

国家大剧院203区为大剧院的机电、设备及动力功能区，位于建筑的南侧，203区建筑也为全地下结构，最上层为水池结构。该区基础标高变化多而复杂，地基为天然地基，基础采用的是箱式结构基础及筏板基础。利用箱式基础层布置机电管线和通风设施，同时利用箱式基础空间填置抗浮配重材料，用以满足203区建筑的整体抗浮安全。

203区基础的部分设计图纸见下页。

图4-22   203区基础底板结构平面全图

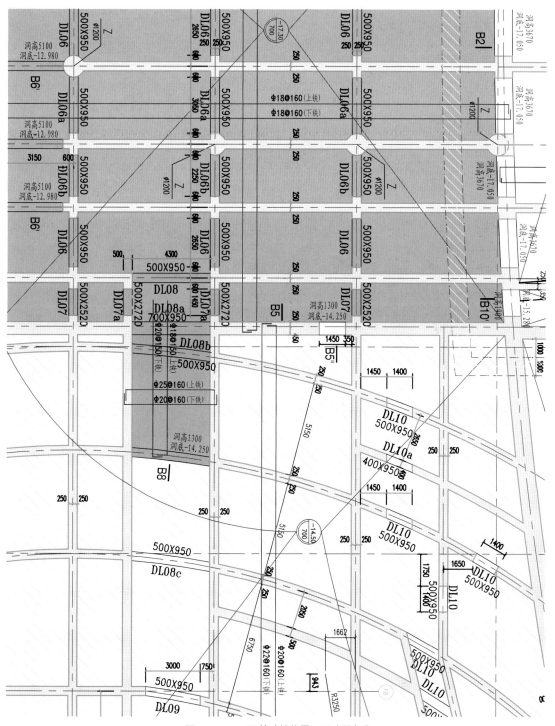

图4-23 203区基础结构平面图（局部）

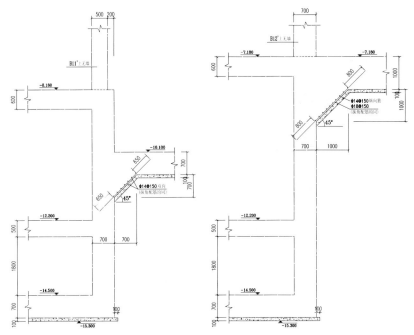

图4-24 203区基础外墙剖面示例

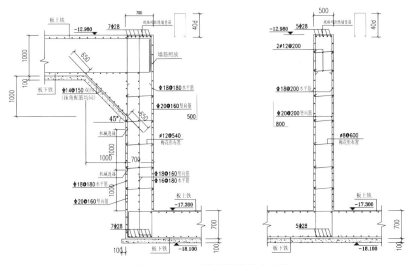

图4-25 203区基础配筋节点示例

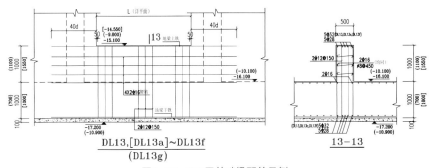

图4-26 203区基础梁配筋示例

4.4.4　201区地下结构

201区地下结构共三层，主要为停车、疏散等公共交通功能。其中包括面向长安街的北出入口和水下廊道层。

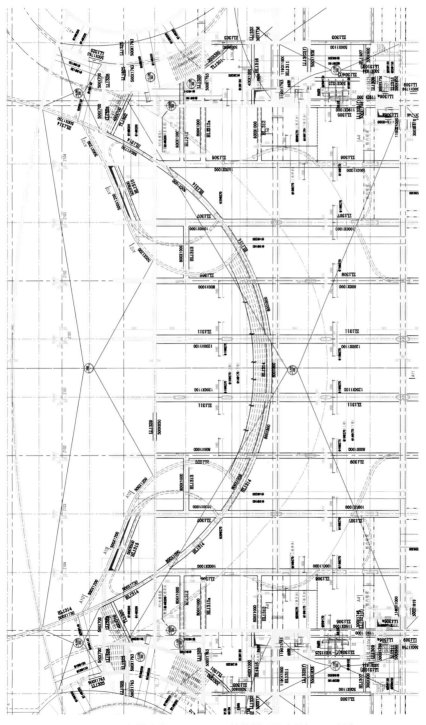

图4-27　大剧院北入口-7.150m结构平面图（局部，03版）

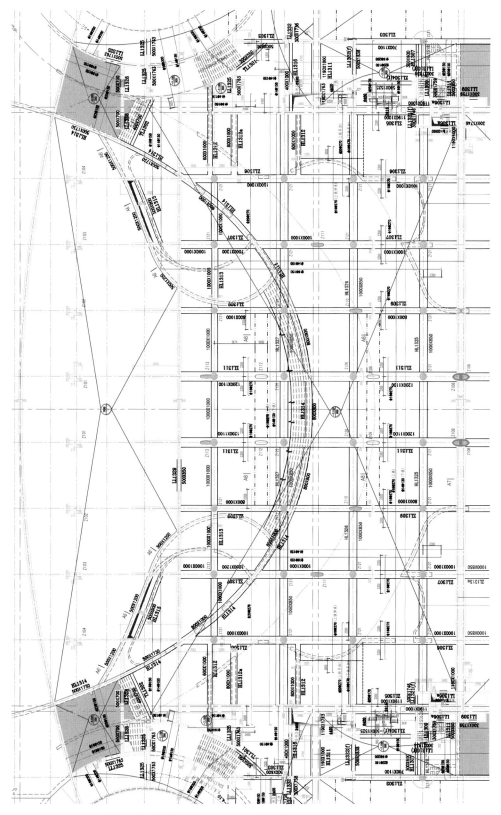

图4-28　大剧院北入口-7.150m结构平面图（局部，04版）

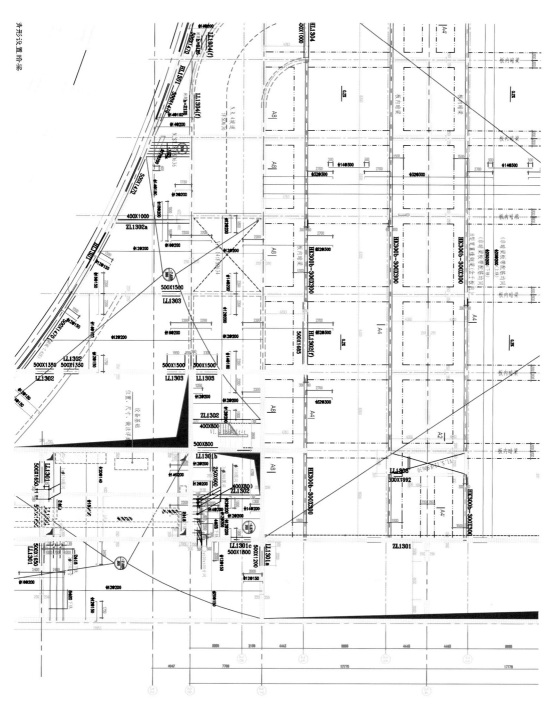

图4-29　201区-7.150m层结构平面图（局部，03版）

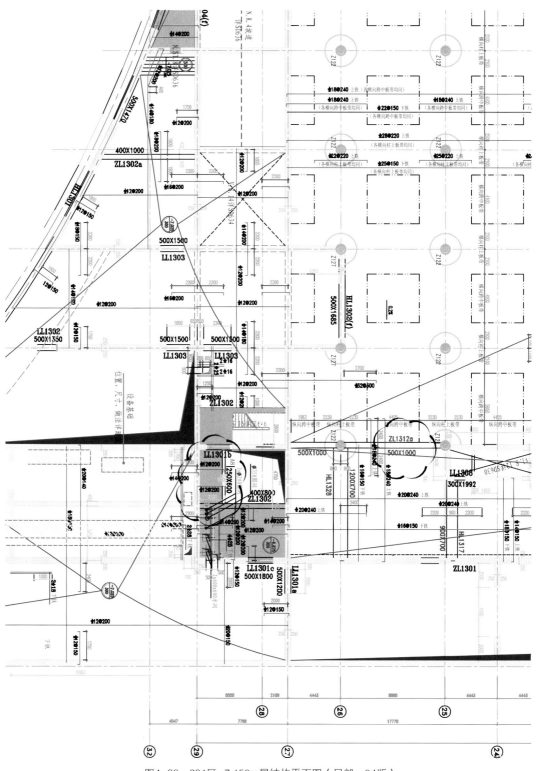

图4-30　201区-7.150m层结构平面图（局部，04版）

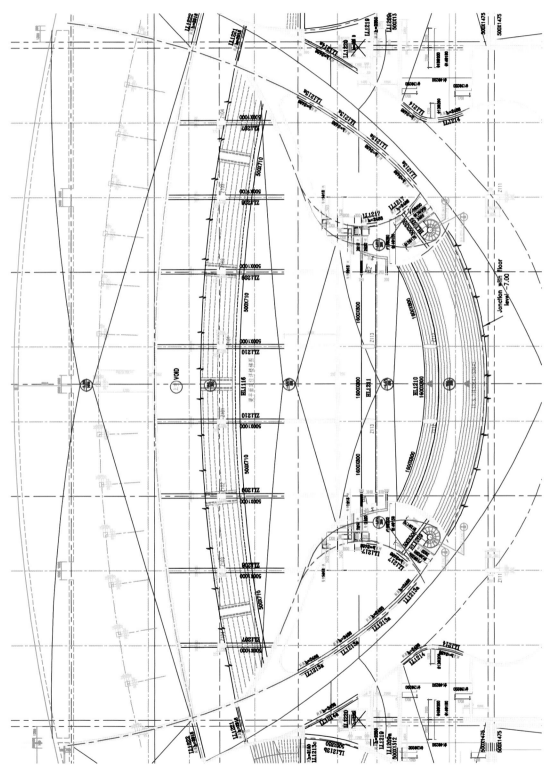

图4-31　北入口台阶结构平面图（局部，03版）

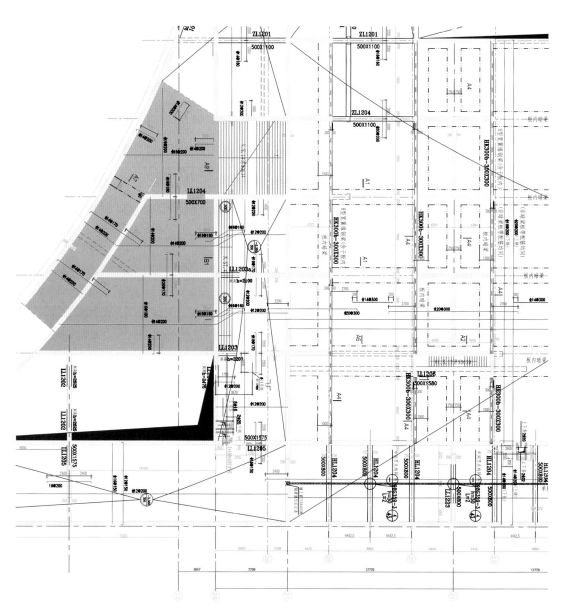

图4-32　201区-3.350m层结构平面图（局部，03版）

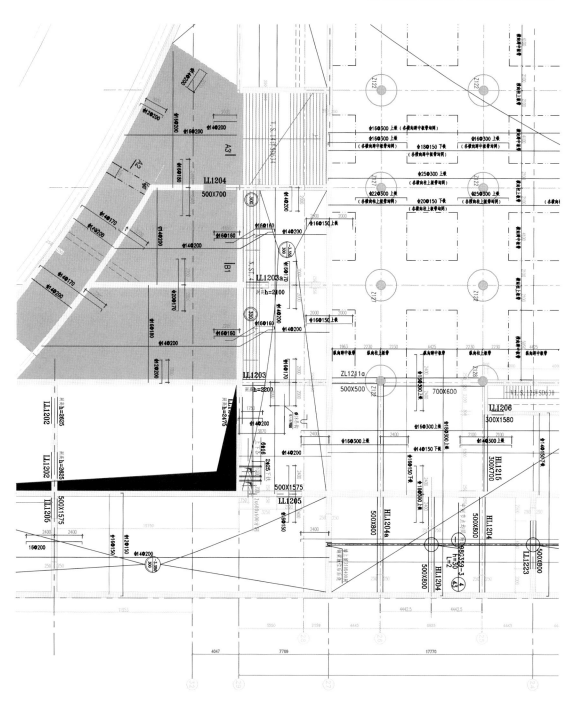

图4-33 201区-3.350m层结构平面图（局部，04版）

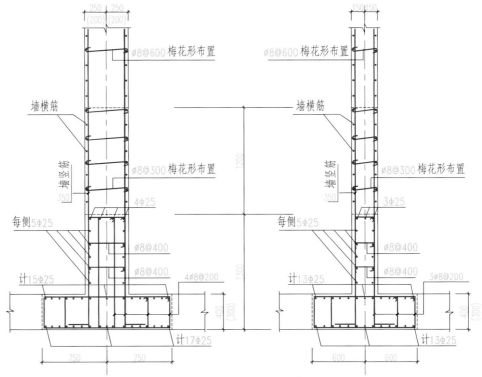

图4-34 平面板上起墙节点图

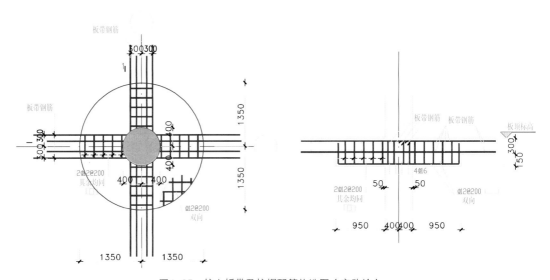

图4-35 柱上板带及柱帽配筋构造图（齐欣绘）

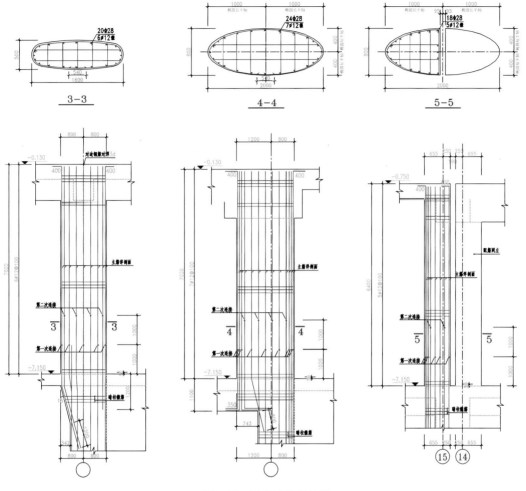

图4-36　201区柱详图示例

4.4.5　203区地下结构

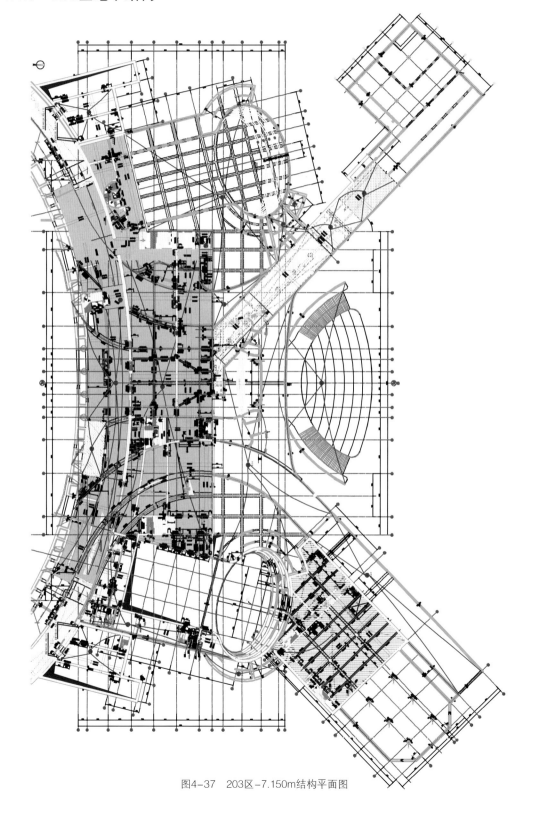

图4-37　203区-7.150m结构平面图

图4-38　203区-7.150m结构平面图（局部）

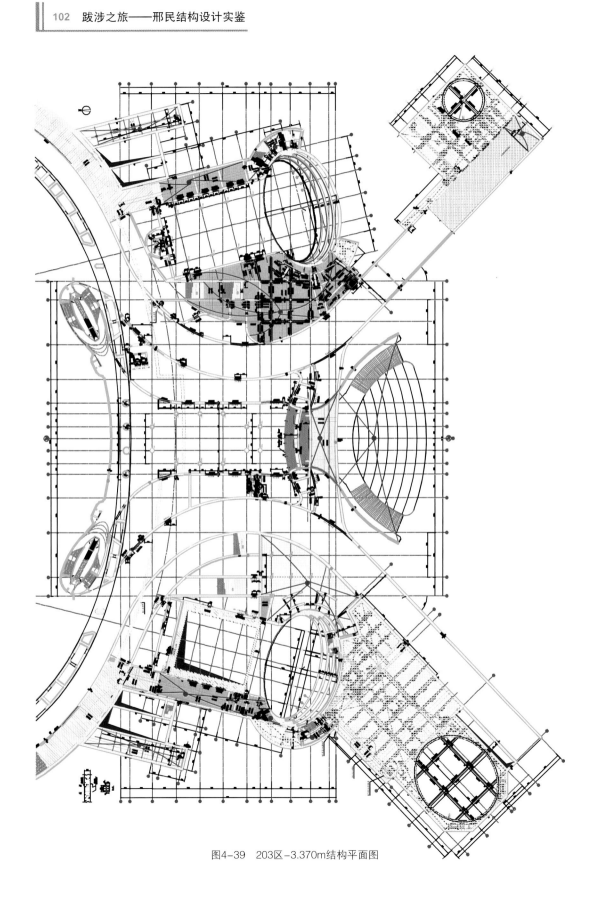

图4-39   203区-3.370m结构平面图

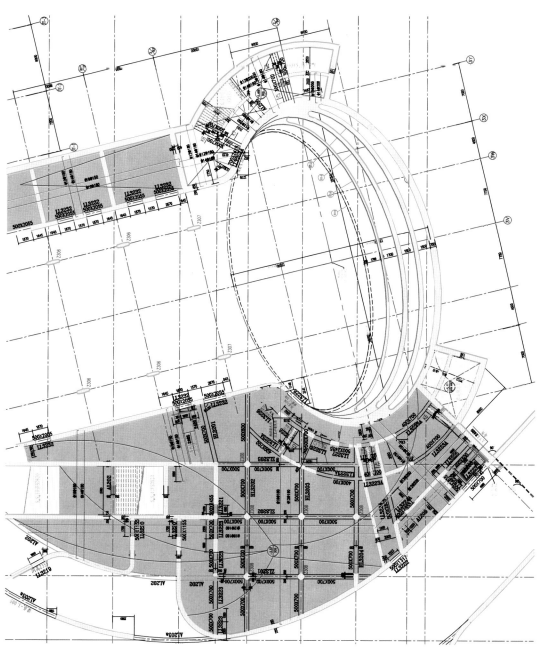

图4-40　203区-3.370m结构平面图(局部)

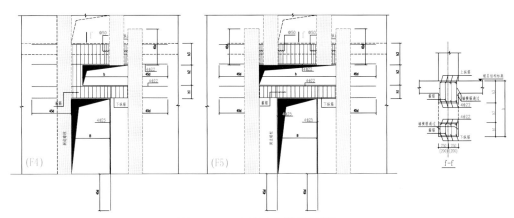

图4-41 203区复合连梁配筋示例

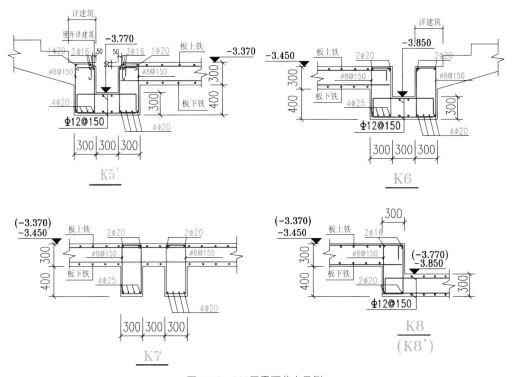

图4-42 203区平面节点示例

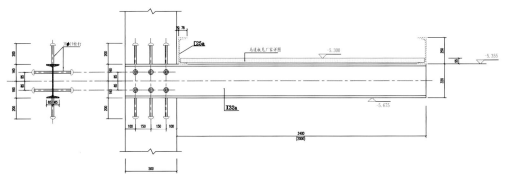

图4-43 203区小剧场马道钢梁详图

4.4.6 景观水池结构

4.4.6.1 水池结构支撑系统

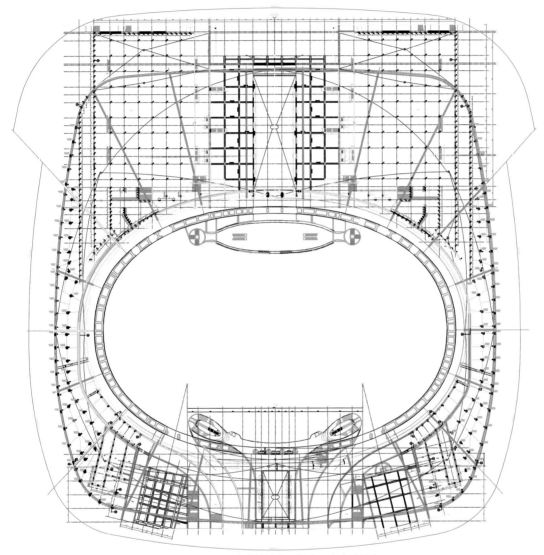

图4-44 景观水池结构单元划分图（齐欣绘）

说明：

1. 大剧院水池结构为一特别超长的大尺度结构，结构共分为六个大小不一的结构单元；

2. 较长单元的支撑结构采用固定与可滑移支座相结合的方式来减小温变效应；

3. 为抵抗温度作用，水池板内布设了双层双向的预应力钢筋。

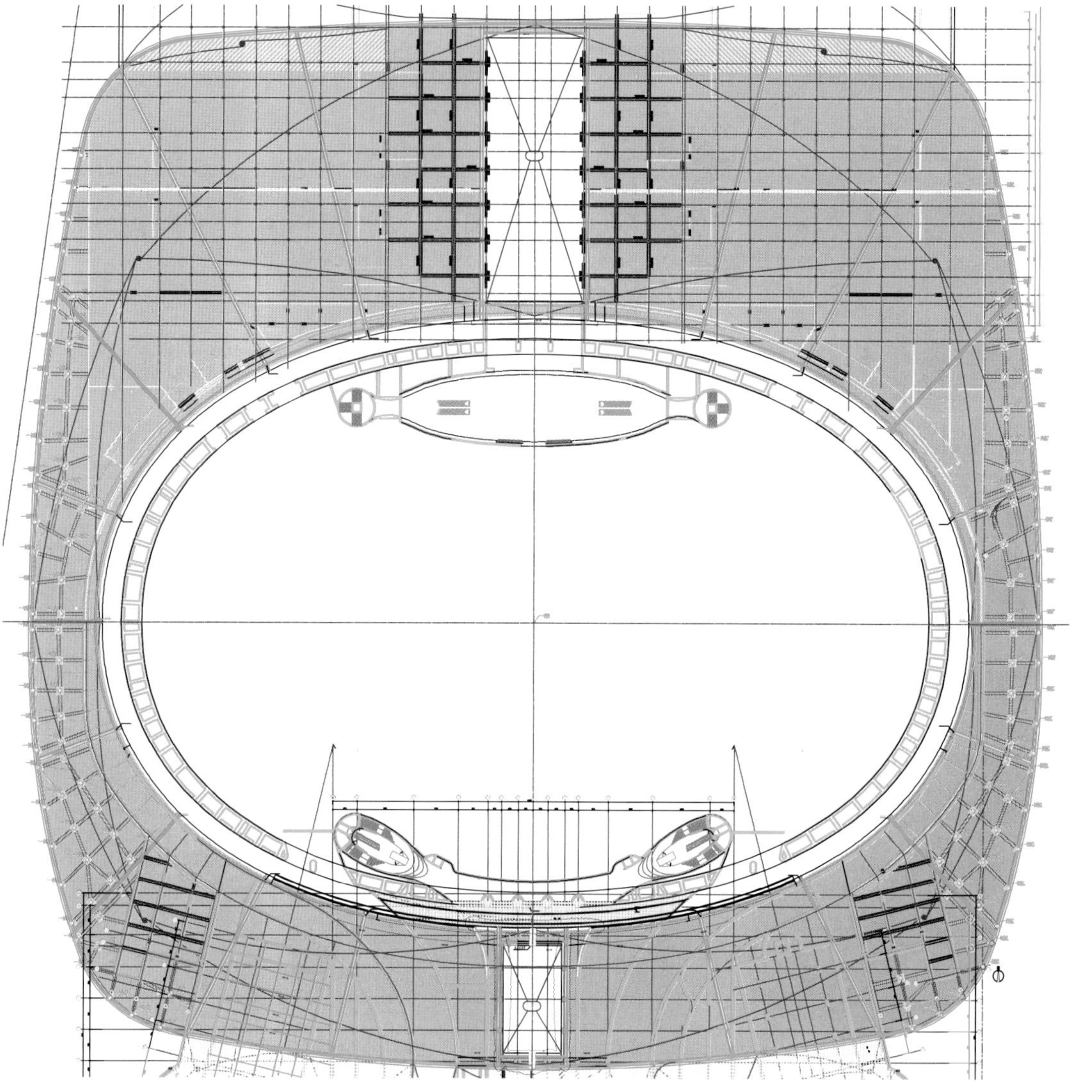

图4-45　水池支撑结构布置图（杨春绘）

说明：

4. 有下部结构的水池部分利用原有结构墙柱做支撑；

5. 无下部结构的水池区域采用钻孔灌注桩基础，利用拉梁使支撑结构形成整体；

6. 桩顶采用可滑移橡胶支座，为防止地震滑移，水池单元内圈与消防通道支撑墙刚接。

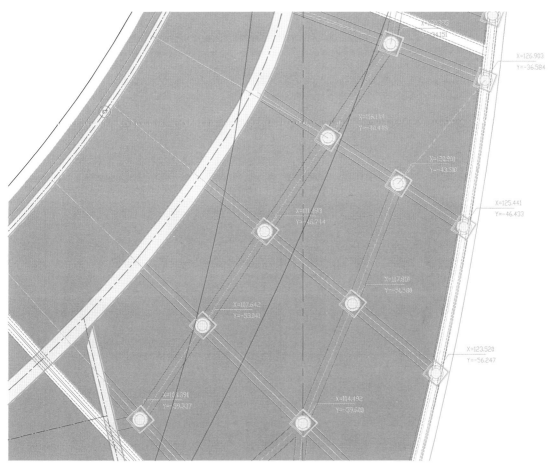

图4-46　水池支撑结构布置图（局部，杨春绘）

4.4.6.2　景观水池结构平面设计

由北至长安街、南至前三门大街的整个的地面层景观水池结构，是安德鲁先生对国家大剧院建筑群进行的区域空间整合的重要载体。其结构体量和尺度巨大，在建筑平面功能上可以划分为水池功能区（分为22个水池区格）、覆土植树区、人行通道区及南北出入口等，结构的区域板面标高变化多，结构的受载需求亦非常复杂。

以下为大剧院景观水池结构的部分设计图纸：

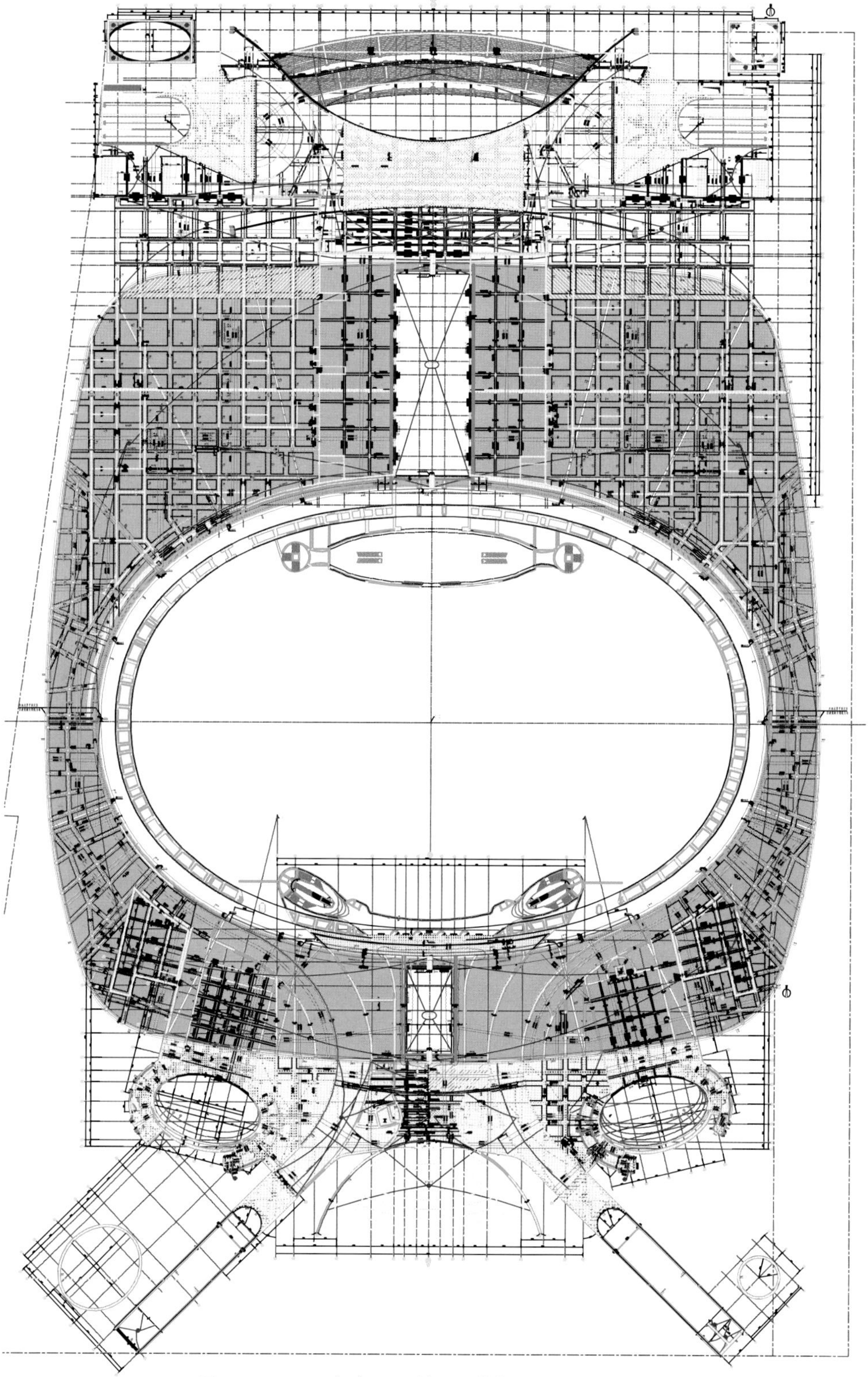

图4-47 201—水池—203地面层结构平面全图（03版）

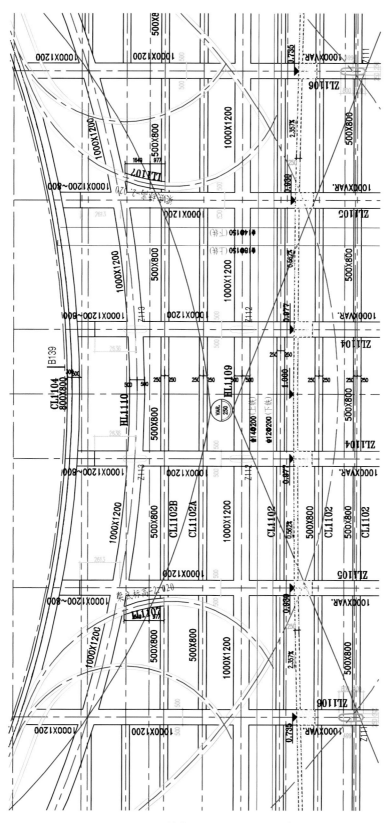

图4-48 201区北入口结构平面图（04版局部，齐欣绘）

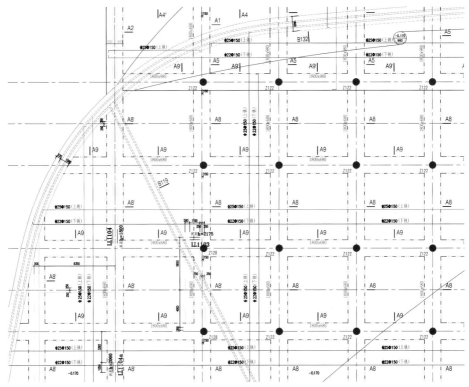

图4-49　201区水池结构平面图（04版局部，齐欣绘）

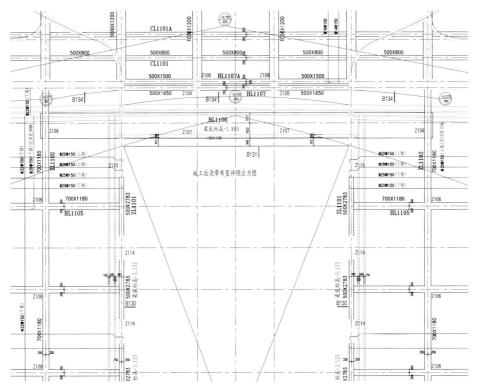

图4-50　201区水下廊道区域结构平面图（04版局部，齐欣绘）

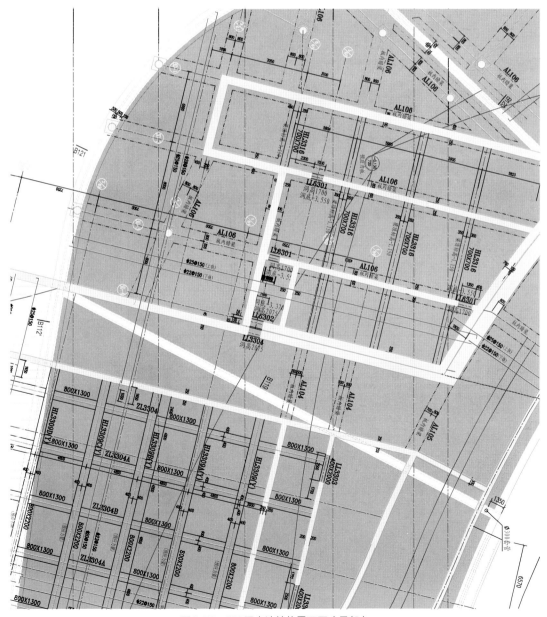

图4-51　203区水池结构平面图（局部）

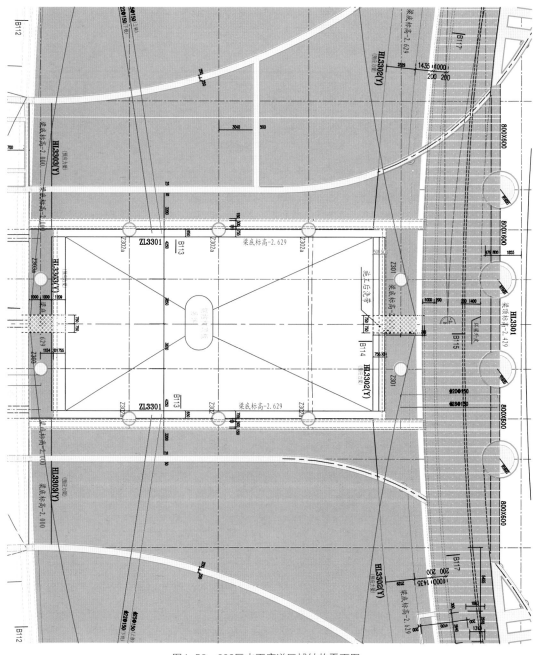

图4-52　203区水下廊道区域结构平面图

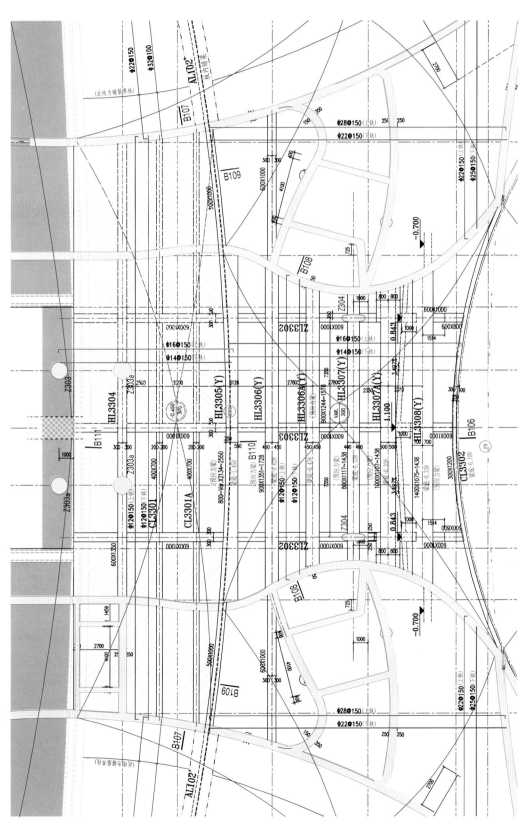

图4-53　203区南入口结构平面图（局部）

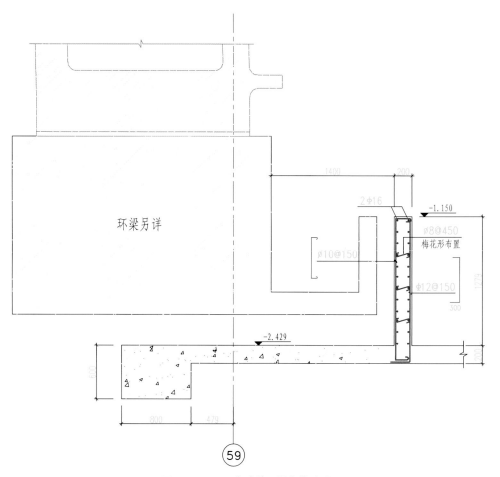

图4-54　203区与壳体环梁交接关系图

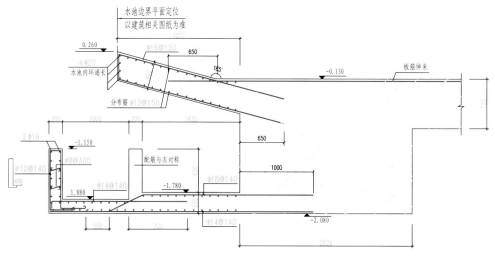

图4-55　203区水池内沿节点图

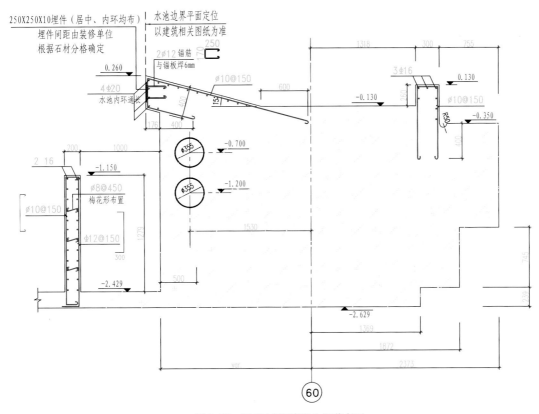

图4-56　203区水下廊道北沿节点图

4.4.6.3　水池结构节点设计

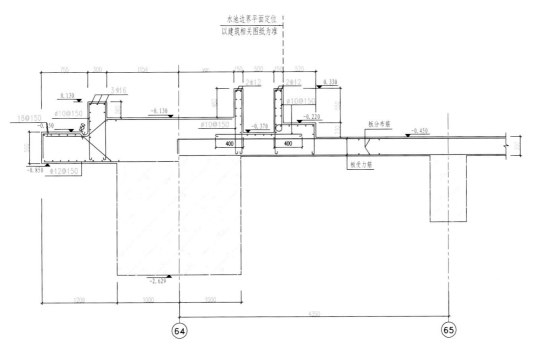

图4-57　203区水下廊道南沿节点图

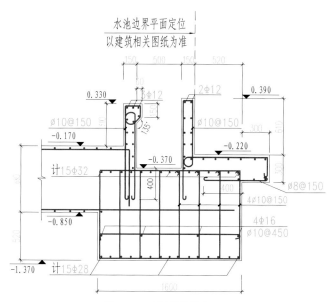

图4-58　水池外沿节点图

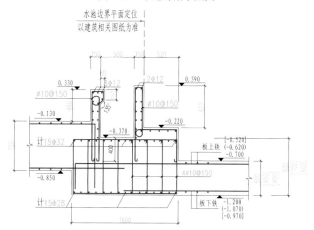

图4-59　203区水池结构与池外地面结构交接节点图

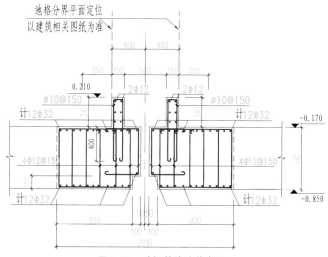

图4-60　池间伸缩缝节点图

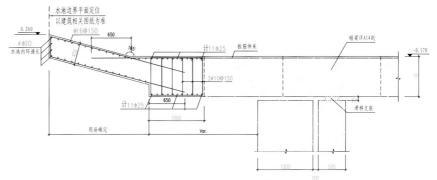

图4-61   201区水池内沿节点图

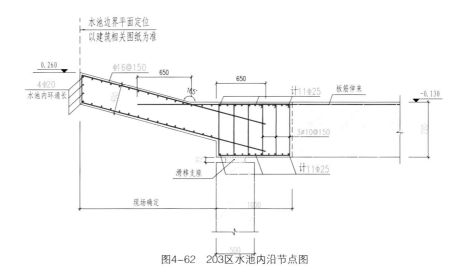

图4-62   203区水池内沿节点图

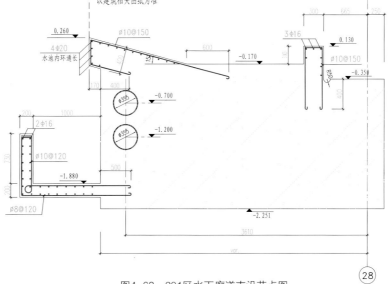

图4-63   201区水下廊道南沿节点图

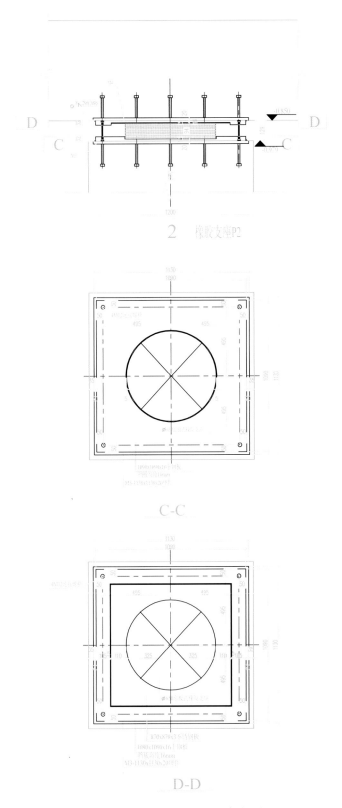

图4-64 柱顶橡胶支座构造图（齐欣绘）

4.4.7 构件计算算例

算例一：ϕ1000钻孔灌注桩承载力分析

1. 车道侧墙桩单桩竖向极限承载力标准值的确定

以第5层为桩端持力层，以第77孔为例.依公式：

$$Q_{uk} = Q_{sk} + Q_{pk} = u\sum\psi_{si}q_{sik}l_{si} + \psi_p q_{pk} A_p$$

按最低计算桩顶在-8.28m—36.47m，桩底标高到-21.19m（-23.56，即入⑤层上1m）

计算得：Q_{uk}=3.14×（75×3.11+150×4.5+60×2.10+65×2.0+80×0.2+160×1.0）+2000×0.785×0.928=5665kN

2. 203区复合基桩的竖向承载力设计值

不考虑承台效应，

$$R = \eta_{sp}Q_{uk}/\gamma_{sp} + \eta_c Q_{ck}/\gamma_c$$

R=0.97×5665/1.67=3290kN（实取R=3200kN）

即在车道侧墙采用ϕ1000钻孔灌注桩，控制桩入⑤层土深度1m，采用竖向承载力设计值3200kN。

3. 桩距确定

（1）车道地面面载：

活 载	=20.000（	×1.3=26.0kN/m²)
建筑做法	=4.050（	×1.2=4.86kN/m²)
+) 结构板	=1.00×25=25.00（	×1.2=30.00 kN/m²)

= 49.05kN/m²（60.86kN/m²）

车道侧墙面载　　=0.5×25=12.5（ ×1.2=15.00kN/m²）

车道顶面面载：

活 载	=5.000（	×1.3=6.5kN/m²)
覆 土	=1×20=20（	×1.2=24.0kN/m²)
+) 结构板	=0.45×25=11.25（	×1.2=13.50kN/m²)

= 36.25kN/m² (44.00kN/m²)

（2）布桩方向每米设计荷载=0.5×11.3×（60.86+44.00）+8.18×15=715.16kN/m

（3）桩距=3200/715.16=4.475m

考虑顶板只是局部才有，故采用5m桩距。

4．外围水池区单桩竖向极限承载力标准值的确定

以第3层为桩端持力层，考虑水池区域挖填施工对土层扰动的影响，为安全见，仅考虑③$_1$层土的侧阻及③层土的侧阻端阻。（以57孔为例）

桩顶在-3.000m＝41.75m，要求桩端进入持力层③层1m。

依公式：

$$Q_{uk} = Q_{sk} + Q_{pk} = u \sum \psi_{si} q_{sik} l_{si} + \psi_p q_{pk} A_p$$

计算得：

$$Q_{uk} = 3.14 \times （75 \times 1.20 + 150 \times 1.0）+ 2000 \times 0.785 \times 0.928 = 2211kN$$

5．复合基桩的竖向承载力设计值

$$R = \eta_{sp} Q_{uk} / \gamma_{sp} + \eta_c Q_{ck} / \gamma_c$$

不考虑承台效应

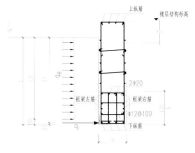

人防框梁计算简图

$R = 1.00 \times 2211/1.67 = 1324kN$（实取$R = 1200kN$）

实际采用ϕ1000钻孔灌注桩，桩顶标高在-3m左右，控制桩入③层土深度1m，采用竖向承载力设计值1200kN。

算例二：201区-7.150m标高层部分人防上框梁计算

本工程门上墙高（至板底）均超过0.5倍门边长，所以按门上加设横放暗梁计算（不足时设明梁）。

1.部分连梁的核算

a. LL1304（f）及LL1304a(f)

已知：$L=2900$，$L_2=L-100=2800$,六级人防

计算门框横梁配筋。

解：$a/b=850/2300=0.370$,查表得双扇平板门反力系数

$\gamma_a=0.500$

门扇传给上门框的压力：

$$q_{ia} = K_{df} \gamma_a P_c a = 2 \times 0.500 \times 100 \times 0.85 = 85 \text{ kN/m}$$

$$q_e = 200 kN/m^2$$

梁上线荷 $q = q_{ia} + q_e \times \dfrac{L_2}{2} = 85 + 200 \times \dfrac{2.8}{2} = 365 kN/m$

LL1304(f)：$h=500$，$h_0=460$，门框横梁计算跨度取暗柱中心距$l=1.500+0.750=2.250m$

框梁弯矩 $M = \dfrac{1}{12} ql^2 = \dfrac{1}{12} \times 365 \times 2.25^2 = 153.984 kN \cdot m$

$$\alpha = \frac{M}{bh_0^2} = \frac{153.984 \times 10^6}{600 \times 460^2} = 1.213，查人防表 \ \rho = 0.30\%$$

$A_s = \rho bh_0 = 0.0030 \times 600 \times 460 = 828mm^2$，左右各配 4Φ20。

LL1304a（f）：$h = 300, h_0 = 260$

$$\alpha = \frac{M}{bh_0^2} = \frac{153.984 \times 10^6}{600 \times 260^2} = 3.796$$

查人防表 $\rho = 0.97\%$

$A_s = \rho bh_0 = 0.0097 \times 600 \times 260 = 1513.2mm^2$

左右各配 4Φ25。

受剪承载力核算

框梁端部剪力 $Q = 0.5ql = 0.5 \times 365 \times 2.25 = 411kN$

查人防表：梁截面为 600×300 时：$V_{cd} = 241.3kN$

$Q = V_{acd} = V_{cd} + Q_{ad}$

$Q_{ad} = 411 - 241.3 = 169.7kN$

梁高 300，2Φ12@150 配箍时 $V_{ad} = 370.5 \ kN > Q_{ad}$

满足斜截面抗剪要求。

b. LL1322（f）−500×1738

已知：$L = 1438$，$L_2 = L - 100 = 1338$，双扇门的单扇短边 $a = 1750$，六级人防

计算门框横梁配筋。

解：$a/b = 1750/2300 = 0.761$，查表得双扇平板门反力系数

$\gamma_a = 0.450$

门扇传给上门框的压力：

$$q = K_{df} \gamma_a p_c a = 2 \times 0.450 \times 100 \times 1.75 = 157.5kN/m$$

$$q_e = 200kN/m^2$$

梁上线荷 $q = q_{ia} + q_e \times \dfrac{L_2}{2} = 157.5 + 200 \times \dfrac{1.338}{2} = 291.3 \ kN/m$

$h = 500$，$h_0 = 460$，门框横梁计算跨度 l 取 4.50m

框梁弯矩 $M = \dfrac{1}{12}ql^2 = \dfrac{1}{12} \times 291.3 \times 4.5^2 = 491.569kN \cdot m$

$$\alpha = \frac{M}{bh_0^2} = \frac{491.569 \times 10^6}{600 \times 460^2} = 3.872，查人防表 \ \rho = 0.99\%$$

$A_s = \rho bh_0 = 0.0099 \times 600 \times 460 = 2732mm^2$

左右各配5Φ28。

受剪承载力核算

框梁端部剪力$Q=0.5ql=0.5 \times 291.3 \times 4.5=655$kN

查人防表：梁截面为600×500时：$V_{cd}=402.2$kN

$Q=V_{acd}=V_{cd}+Q_{ad}$

$Q_{ad}=655-402.2=252.8$kN

梁高500，2Φ12@150配箍时$V_{ad}=513$kN$>Q_{ad}$

满足斜截面抗剪要求。

c. LL1330(f)–500 × 1484

已知：$L=1184$，$L_2=L-100=1084$，双扇门的单扇短边$a=1300$，六级人防计算门框横梁配筋。

解：$a/b=1300/2700=0.481$，查表得双扇平板门反力系数

$\gamma_a=0.500$

门扇传给上门框的压力：

$$q_{ia}=K_{df}\,\gamma_a\,p_c\,a=2 \times 0.500 \times 100 \times 1.30=130\text{kN}/\text{m}$$

$$q_e=200\text{kN}/\text{m}^2$$

梁上线荷 $q=q_{ia}+q_e \times \dfrac{L_2}{2}=130+200 \times \dfrac{1.084}{2}=238.4\text{kN}/\text{m}$

$h=500$，$h_0=460$，门框横梁计算跨度l取 4.30m

框梁弯矩 $M=\dfrac{1}{12}ql^2=\dfrac{1}{12} \times 238.4 \times 4.3^2=367.335\text{kN}\cdot\text{m}$

$$\alpha=\frac{M}{bh_0{}^2}=\frac{367.335 \times 10^6}{600 \times 460^2}=2.893，查人防表 \rho=0.73\%$$

$A_s=\rho bh_0=0.0073 \times 600 \times 460=2015\text{mm}^2$，左右各配 5Φ25。

2.部分框架框梁的核算（按悬挑或牛腿）

a. HL1302（f）

已知：$L=1285$，$L_1=L-33=1252$，$L_2=L-100=1185$，六级人防计算门框梁配筋。

解：$a/b=2600/6800=0.382$，按单扇平板门查反力系数

$\gamma_b=0.480$

门扇传给上门框的压力：

$$q_{ib} = K_{df} \gamma_b p_c a = 2 \times 0.480 \times 100 \times 2.6 = 249.6 \text{kN} / \text{m}$$

$$q_e = 200 \text{kN} / \text{m}^2$$

上框单位长度内牛腿（或悬挑梁）根部弯矩：

$$M = q_{ib} L_1 + \frac{1}{2} q_e L_2^2 = 249.6 \times 1.252 + \frac{1}{2} \times 200 \times 1.185^2 = 452.92 \text{kN} \cdot \text{m}$$

上框单位长度内牛腿（或悬挑梁）根部剪力：

$$Q = q_{ib} + q_e \times L_2 = 249.6 + 200 \times 1.185 = 486.6 \text{kN}$$

$$C = \frac{M}{Q} = \frac{452.92}{486.6} = 0.931 < 1$$

按牛腿计算：

$$A_s = \frac{M}{0.85 f_{yd} h_0} = \frac{452.92 \times 10^6}{0.85 \times 418.5 \times 460} = 2768 \text{mm}^2$$

实配：Φ20@110　（$A_s = 2856 \text{mm}^2$）

　b. HL1303（f）

已知：$L=1114$，$L_1=L-33=1081$，$L_2=L-100=1014$，六级人防
计算门框梁配筋。

解：$a/b=2600/6800=0.382$，按单扇平板门查反力系数

$$\gamma_b = 0.480$$

门扇传给上门框的压力：

$$q_{ib} = K_{df} \gamma_b p_c a = 2 \times 0.480 \times 100 \times 2.6 = 249.6 \text{kN} / \text{m}$$

$$q_e = 200 \text{kN} / \text{m}^2$$

上框单位长度内牛腿（或悬挑梁）根部弯矩：

$$M = q_{ib} L_1 + \frac{1}{2} q_e L_2^2 = 249.6 \times 1.081 + \frac{1}{2} \times 200 \times 1.014^2 = 372.637 \text{kN} \cdot \text{m}$$

上框单位长度内牛腿（或悬挑梁）根部剪力：

$$Q = q_{ib} + q_e \times L_2 = 249.6 + 200 \times 1.014 = 452.4 \text{kN}$$

$$C = \frac{M}{Q} = \frac{372.637}{452.4} = 0.824 < 1$$

按牛腿计算：

$$A_s = \frac{M}{0.85 f_{yd} h_0} = \frac{372.637 \times 10^6}{0.85 \times 418.5 \times 460} = 2277 \text{mm}^2$$

实配：Φ18@110　（$A_s = 2313 \text{mm}^2$）

4.5 结构施工简述

国家大剧院结构施工前后历时6年多，其间经历了很多的苦难和波折。整个工程的施工顺序大致如下：

202区基础结构施工 ⇨ 202区地下结构施工 ⇨ 203区基础及地下结构施工 ⇨ 202区地上结构施工 ⇨ 202区钢壳体结构施工 ⇨ 201区基础及地下结构施工 ⇨ 景观水池结构施工。

以下为施工过程中的部分照片记录：

4.5.1 混凝土结构施工

图4-65 壳体支座环梁结构施工中

图4-66　承托环梁的滑移支座

图4-67　施工中的歌剧院结构

图4-68　公共空间装修施工中

图4-69　201区无梁楼盖结构的柱帽节点

图4-70　施工中的景观水池结构

图4-71　北区水下廊道结构施工中

图4-72   竣工后的201区水下廊道结构

图4-73   竣工后的203区水下廊道结构

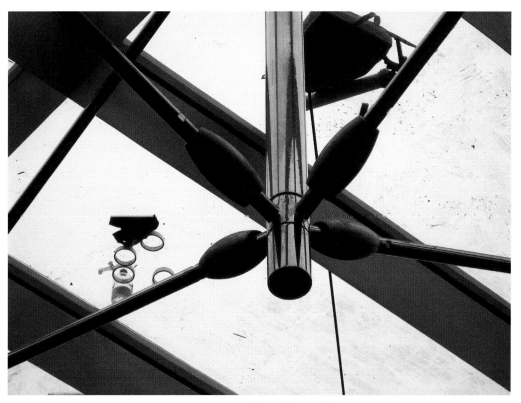

图4-74　廊道索拉杆结构细部节点

图4-75　景观水池结构防水施工中

图4-76　景观水池铺装施工结束（未蓄水）

图4-77　景观水池竣工蓄水

4.5.2 钢壳体结构施工

图4-78 壳体钢榀梁的支座安装就位

图4-79 壳体钢榀梁吊装中

图4-80 单榀安装就位

图4-81 顶环梁吊装中

图4-82 斜支撑节点施工中

图4-83 壳体钢结构施工全景

图4-84 壳体钢结构施工卸载完成

图4-85 壳体钢结构完工后内景（1）

图4-86　壳体钢结构完工后内景（2）

图4-87　壳体外面铺装施工中

图4-88 安德鲁在竣工后的大剧院内宣传他的设计理念

4.6 总结与思考——一个不可复制的结构

国家大剧院工程曲折的建设过程、特殊的地理位置以及其颇具争议的外观形象都决定了它是一个特殊的工程。大剧院的结构设计也因其以下独有的特点使之成为了一个不可复制的结构：

1. 超大体量、超深尺度结构所带来的诸如结构单元设置、结构抗浮设计以及非荷载效应分析；

2. 应对其他专业功能需求的特殊结构、特殊构造设计，譬如周长600多米的壳体环梁设计、3万余平方米的景观水池支承结构设计以及为解决消防需求而进行的特别受载结构设计；

3. 结构的时间耐久性与环境耐候性分析与设计；

4. 特殊的椭球壳面钢结构的分析与设计。

为了说明国家大剧院工程结构设计的复杂性和特殊性，作者举下面几个例子：

一、以下为2000年2月北京院的中方结构设计团队发给法方结构方案设计方的技术商榷函：

PD. CART先生：你好！

2月8日你来的电传收到，回复如下：

1. 首先要说明的是：场地土中强渗透层（渗透系数250~300m/d）是存在的，在不久后勘察部门的详勘报告中将会确认这一数值。

2. 二次开挖的基坑支护结构，贵方方案中采用地下连续墙辅以临时钢锚栓的做法，我们认为这种做法存在一些缺点，比如护壁泥浆中的化学添加剂会污染地下水，国内施工单位缺乏超长地下连续墙的施工经验以及施工费用高，特别是其所跨越的土层中存在含有承压水且渗透系数很高的卵石层，这对连续墙沟的开挖及护壁施工都会带来困难，所以我们更倾向于国内施工单位经常采用的打制护坡桩、相邻桩间灌浆封实、同时辅以钢锚杆的基坑支护方法。（也可采用冷冻法作护壁）

3. 关于抗水幕墙及环坑下灌浆抗水层的设计，我们认为其成层工艺及施工难度都很大，尤其是在强渗透土层中施工此层难度更大。同时，如此大范围、大面积的注浆施工，其最终的质量及抗水性能都很难保证，依贵方的方案，这一封闭注浆层是作为建筑物运行期间的长久隔水层，应当说，如果做好此层，它将会显著降低建筑的抗浮设计水位，进而对上部结构的布置及降低整个工程的造价都会带来益处，但对这一层的施工质量要求将会很高，其隔水性能必须长久得以保证且不能出现任何的裂隙，否则因涌水而产生的对基坑的托浮将会造成严重后果。因此，我们认为：是否设置此层及如何设置此层是很值得认真研究的。

4. 方案中采用预留渗水井并设置永久排水系统来解决上述灌浆防水层的涌水问题。按贵方方案，其渗透系数不大于5×10^{-7}m/s，要做到这一点，我们认为很难。同时，排水系统的持续运转也会给业主带来永久性的费用投入，而且，一旦发生电力供应等方面的障碍，将使大剧院建筑的基础处在危险之中。

5. 按我国的地下室防水处理经验，以下是我们常采用的习惯作法：

A. 地下室的外墙和底板采用两道防水措施，外层为柔性防水，混凝土墙本身为刚性防水，其中包括混凝土底板也是刚性防水；

B. 采用挡土桩、挡水墙解决地下室施工期间的挡土、挡水问题。（也可采用冷冻帷幕等先进技术来解决施工期间的挡水问题）；

C. 按我国的习惯，地下室施工期间的挡土、挡水问题将由施工单位负责，设计单位负责提供建议；

D. 可采用内排水的方法解决因过量抽水对其他建筑物（比如人民大会堂）的影响；

E. 关于地下室的抗浮问题：我们建议采用"自重抗浮"设计以避免抗拔桩。

二、2000年3月在法国巴黎与ADP公司结构设计团队洽谈的主要问题：

1. 结构单元划分问题：

A. 北区（201区）分为六个单元是否必要？

B.   202区的三个剧场在±0.0～−7.0m之间是否留设？

2．目前图纸对201区水池底板与其地下结构的关系尚需深化：

A.   水池结构材料及性能要求如何？

B.   结构承受冻涨压力时如何考虑的（注：当时没有引入恒有源地源热泵系统）？

C.   是否核算了水池分池换水所产生的荷载不利组合？

3．目前图纸对壳体环梁与下部支承结构的连接构造尚需深化：

A.   橡胶支垫设置方式？

B.   水平地震剪力对橡胶垫的作用以及对下部支承结构的作用是如何考虑的？

C.   为防止竖向地震作用可能造成的壳体抬起，是否设置了可移动"销钉"？

4．图纸表达相关问题：

A.   北区（201区）轴线设置不详；

B.   按中国的初步设计深度，结构平面图中需要进一步标明墙柱梁构件与轴线的关系；

C.   平面弧墙定位标注、壳体支承墙径向混凝土墙布置应继续深化。

5．依据中国规范（注：当时2000版规范未颁，基本按89版规范进行设计），剧场结构应为"具有少量柱的剪力墙结构"，在8度半设防区，应使其不参与整体抗震计算。

6．图纸标注的从±0.0～12.0m标高的柱截面较细，其长细比及承载力是否经过了核算？（注：后来设计中采用了高强钢管混凝土柱，如下图所示）。

三、以下为《中国国家大剧院结构专业初步设计审阅意见》（2000年12月ADP版初设）：

1.图纸问题（作者略）；

2.初步设计报告书中的问题：

A. 初步设计报告书中，国家大剧院分别采用模拟静力分析和空间结构的时程分析进行计算，同时分别采用国内SATWE空间结构的有限元分析以及国外软件等多种计算程序、多种计算模型进行计算，其结果基本上符合"初步设计"的要求。但在SATWE程序计算结果中，目前仍存在音乐厅、戏剧厅的第6计算层层间位移超规范的情况，以及各层某些梁柱结构构件断面有不够或不合理的杆件，有待施工图阶段进一步调整；

B. 初步设计报告书（B类）中有关北区、南区的抗浮计算，由于北区、南区基础采用箱形基础，消防通道采用片筏基础，两者的基底标高相差比较大，对消防通道不利，消防通道做在填土的地基上，因此建议北区、南区的基础方案做一些调整。结合结构受力情况，并考虑施工方便，宜进一步考虑更好的基础方案；

C. 消防通道方案必须考虑：①保证在-11.5米标高处消防通道结构以及通道的土壤，在地震力的作用下对主体结构具有可靠的约束作用；②必须满足抗浮的要求；③有可靠的防水措施；④必须解决主体结构与消防通道及附属建筑物的不均匀沉降的影响；⑤消防通道结构超长，要考虑消防通道本身的温度应力及不均匀沉降的影响。

3.钢结构专业审阅意见：

2000年9月底，在与法国ADP公司就大剧院壳体结构设计交换意见时，法方曾表示准备对壳体空腹主肋截面和顶部环梁内构件进行修改，并表示12月底提供修改图纸，但到目前我们尚未收到有关图纸。从结构设计报告书中所反映的情况看，法方对壳体结构正在进一步计算，如采用风洞实验数据进行风荷载计算、地震对壳体的非对称效应、壳体弹性稳定计算、非线性大变形验算以及梁的局部失稳验算等，目前计算工作正在进行中。

所以，对壳体结构初步设计的审阅工作尚需在收到图纸和计算资料后完成。

四、以下为《国家大剧院结构专业初步设计评审意见》（2001年6月BIAD版初设）：

1.国家大剧院钢筋混凝土结构初步设计评审意见：

A. 国家大剧院钢筋混凝土结构设计所提供的大量技术文件和图纸，满足我国初步设计要求；

B. 国家大剧院钢筋混凝土结构采用箱形板筏基础，剪力墙和现浇楼板结构，整个结构体系能满足建筑功能要求，按现有初步设计文件分析，结构是安全可靠的；

C. 国家大剧院202区的结构，剪力墙多次转换，超短墙错层，楼板开洞大，是一个极不对称的结构体系，宜进一步完善结构计算模型，进行优化设计；

D. 在施工图设计阶段需进行罕遇地震下时程分析补充验算；

E. 国家大剧院是超长超大的结构体系，应进一步提出可靠、有效的构造和其他相应措施，减少温度变形和基础不均匀沉降的影响。

2.国家大剧院壳体钢结构初步设计评审意见：

A. 国家大剧院壳体设计所提供的大量技术文件、图纸和分析计算报告能满足我国初步设计要求；

B. 国家大剧院壳体结构经吸取了国内外专家的意见，并多次改进完善，所提出的初步设计文件其结构体系是新颖、可行和合理的，能满足建筑功能要求，是建筑与结构协调结合、具有独特建筑风格的大跨度空间钢结构体系。再进一步作补充分析验算，采取适当的构造措施和进行必要的节点试验，可使结构更加完善合理，达到安全可靠；

C. 有关壳体稳定计算在我国规范尚未正式颁布情况下，可采用国际认可的欧洲规范进行，但需提供相应的使用说明和依据（包括稳定分析时不同的荷载组合）；

D. 在施工图设计阶段需进行罕遇地震下时程分析补充验算；

E. 根据壳体结构的动力特性进一步合理确定风振系数；

F. 为了有效地增加壳体结构的整体刚度和抗扭刚度，在上下弦支撑之间宜增设斜腹杆；

G. 壳体结构的节点结构尽量减小偏心，并对关键节点进行必要的足尺实物试验；

H. 进一步确定橡胶支座的尺寸与构造（包括位移限位装置），在壳体施工安装和使用阶段分别合理确定支座约束条件；

I. 水下钢结构廊道结构新颖轻巧，支座构造设置合理，在施工图设计中应考虑到便于制造和安装。

国家大剧院的结构设计工作前后历时四年多，其中经过多次建筑方案颠覆性的修改。在这样一个艰辛、复杂且充满挑战的设计过程中，中方设计团队（包括各分项设计的承包方）同法方ADP公司驻京的设计师们进行了全面而有效的合作，也留下了许多令人难忘的故事。

笔者认为，不能复制的是具体的工程，但设计思想却可以无限地加以复制和创造。

因此，笔者希望通过本篇提供的这些资料，让大家在深入思考的基础上认识这个备受争议的建筑，了解其结构设计的一部分内容，从而正确认识之。

05

中国国家游泳中心（水立方）

5.1 工程概况

　　国家游泳中心（水立方）是2008年北京奥运会的重要新建场馆,承担着第29届奥运会游泳、跳水、花样游泳及水球等项目的比赛任务。其建设基地位于北京奥林匹克公园中心区内,东邻国家体育场"鸟巢",南邻北四环主路,西隔北辰西路与摩根大厦相望,北邻国家体育

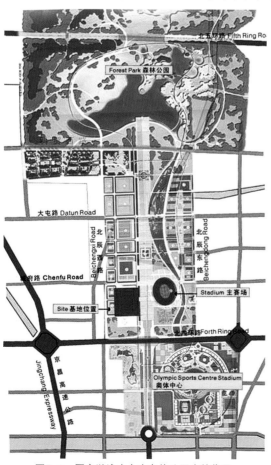

图5-1　国家游泳中心在奥体公园中的位置

馆。红线占地6.295公顷，长宽约为305m×230m。主体建筑的外围尺寸为177m×177m，赛时建筑面积为79 532m²。

国家游泳中心工程的总投资约为10亿元人民币,是奥运工程中唯一由海外华人华侨捐资兴建的比赛场馆。

建筑内部按功能大致可以分为奥林匹克比赛大厅、嬉水大厅和俱乐部区三个功能相对独立的空间，这三个区的长、宽和高分别为126 m × 117 m × 23 m 、40 m × 170 m × 23 m和126 m ×

图5-2　与主体育场鸟巢的关系（效果图）

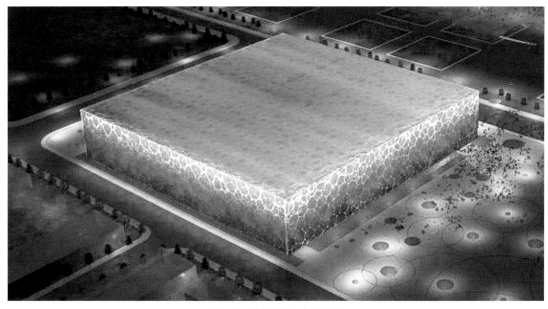

图5-3　国家游泳中心效果图

47 m × 23 m，奥林匹克比赛大厅观众看台的设计规模为：

赛时：17000座

赛后：6000座

建筑外墙、大厅分隔及屋面覆盖结构系由泡沫理论经演变切割而形成的一个复杂多面体空间钢框架结构，其外框轴线的三维尺寸为176.538m×176.538m×31.587m。

正方形主体建筑周围设计有宽约5m的景观护城河。

图5-4　建设中的国家游泳中心

图5-5　竣工后的国家游泳中心

5.2　结构设计历程

国家游泳中心的设计与施工历时四年多，整个过程大致如下：

❋ 2003年04月~07月　中建总公司国家游泳中心设计联合体进行方案创作

❋ 2003年08月　"水立方"创意中标国家游泳中心设计竞赛方案,设计合同签署

❋ 2003年10月　通过国家发改委组织的可行性研究报告审查

❋ 2003年11月　初步设计成果交付、报审并通过建设部院的初步设计审查

❋ 2003年12月24日　项目开工建设,设计联合体开始进行现场施工的全过程配合工作

❋ 2004年01月　钢结构科研工作报国家科委及北京市科委立项后启动

❋ 2004年04月　赛时施工图设计阶段性完成,交付施工图审查并通过

❋ 2004年06月　由于发生巴黎机场"2E"候机楼通道倒塌事故,政府决策部门决定对包括该工程在内的奥运重点工程进行"超限审查"

❋ 2004年07月08日　通过全国抗震超限审查委员会对该工程的超限审查

❋ 2004年12月22日　通过北京市科委组织的对该工程的钢结构科研成果鉴定

❋ 2004年12月30日　钢结构最终施工图纸交付审查并通过,全部结构设计完成

❋ 2005年08月　主体混凝土结构施工完成并通过验收

❋ 2006年06月　主体钢框架结构施工完成并成功卸载

❋ 2007年12月31日　全部工程完成并通过完工验收

5.3　钢框架结构方案创意与设计

Plateau于1873年指出：当肥皂泡沫聚集到一起时，它们以三个侧面成120°角连接在一起，一次聚集3个皂泡，在每一个角点上有4条边交汇，它们形成的四面角大约为109.47°（图5-6）。

"用等体积单元阵列填充无限空间，什么方式填充使得单元接触面表面积最小？"

1887年，提出这个问题的爱尔兰数学家Kelvin给出了一个解答，即十四面体单元组成的气泡——Kelvin气泡（图5-7）。由于不能给出其严格证明，该结果只能是对这一问题正确答案的一个猜想，此后一百多年一直没有人能够证明它是错误的。

1993年，爱尔兰教授Denis Weaire和Robert Phelan提出一种新的气泡形式——Weaire-Phelan气泡（图5-8），其接触表面面积比Kelvin气泡小0.3%，从而用反例证明了Kelvin气泡并非Kelvin问题的真实解答。当然这也不能证明Weaire-Phelan气泡就是Kelvin问题的最终真实解，确切地说，它是目前已知的Kelvin问题的最优解。

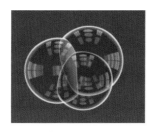

图5-6　Plateau皂泡

(a) 十四面体单元

(b) 基本单元组合

(c) 阵列

图5-7　Kelvin气泡的基本单元

(a) 十二面体　(b) 十四面体

(c) 基本单元组合

(d) 阵列

图5-8　Weaire-Phelan气泡的基本单元

Kelvin气泡只包含一种单元——十四面体单元（图5-7（a）），14个面中有8个正六边形和6个正四边形，所有棱边边长均相等，而且只有一种角点形式，即汇交于一个顶点的所有棱边之间的空间关系在每个顶点处都相同。4个十四面体可组成基本单元组合（图5-7（b）），基本单元组合可以沿三个互相正交的方向阵列填充三维空间（图5-7（c））。

Weaire-Phelan气泡中则包含两种多面体单元——十二面体单元（图5-8（a））和十四面体单元（图5-8（b））。两者共有三种表面形状，即一种六边形和两种五边形，棱边有四种边长，角点形式则有三种。6个十四面体和2个十二面体可组成基本单元组合（图5-8（c）），基本单元组合同样可以沿三个互相正交的方向阵列填充三维空间（图5-8（d））。

Weaire-Phelan模型一直延用至今，它是三维空间最理想的组成结构。我们就用它作为国家游泳中心的结构设计基本模型。

尽管外观和组织形式较为复杂，但这种结构实际上建立在高度重复的基础上。它只包含三个不同的表面、四条不同的边和三个不同的角或节点。由于这种结构上的高度重复，国家游泳中心的空间结构体系建造起来并不困难。这种结构采用了世界上复杂数学命题的解决方案，也遵循了自然界最普遍的结构组成形式。

国家游泳中心新型多面体空间刚架结构以由Weaire-Phelan气泡衍生改良得到的多面体为基本单元，经过组合、阵列、旋转、切割等过程而形成。多面体的棱边即为结构的杆件，角点则为结构的节点。多面体空间刚框架的几何构成过程如下：

◆ 基本单元的确定

国家游泳中心的几何形体基于Weaire-Phelan给出的"无限等体积肥皂泡阵列几何图形学"问题的解答。实际的几何形体是这样形成的：首先生成一个比我们的建筑大的Weaire-Phelan泡沫结构阵，再把这个阵围绕某个矢量轴旋转，最后把建筑以外和内部空间的泡沫结构割除，从而形成建筑的屋面和墙体结构.

Weaire-Phelan泡沫构成的基本结构沿三个正交坐标轴X、Y和Z是有规律地重复的。如果我们简单采用这一基本结构，那么生成的结构就不会是随机的，而是像机器一样排列整齐。

◆ 旋转

如果把这个结构绕任意一个轴线旋转任意角度，那么生成的结构看起来随机而又有机。这是设计竞赛方案的基础。但是这样形成的弦杆、气枕和节点结构很少有重复。

如果结构绕矢量轴（1,1,1）旋转，那么墙和屋盖表面形成的图案相似。如果结构绕120度轴旋转，那么屋盖就会成为南墙或北墙，南墙或北墙就会成为东墙或西墙，东墙或西墙就会成为屋盖。但如果绕60度轴旋转，形成的屋盖和墙表面将具有高度的重复性且仍能表现有机性。这种旋转被采纳。

◆ 切割面

我们需要做的另一个选择是在什么高度上切割这个旋转阵列。选择不同高度的切割面将会影响表面的外观。但更重要的是，通过准确选择可以加大节点距离。但是，采用基本的Weaire-Phelan泡沫，对于7m的基本单元，找不到节点距离超过100mm的切面。这将引起内节点和弦杆结构的碰撞。

◆ 基本单元几何形体

Weaire-Phelan基本单元是由立方体角顶8个节点和表面上另外12个节点构成。表面节点位于表面中心。

用直线连接这些节点，然后在每条直线的中点设置一个垂直于该条直线的平面。这些平面相交构成了基本几何单元。

改变线距及相应垂直面，最终的几何形体随之产生微变。令 α 变化。 当 α =1.25时，生成基本泡沫。 不断迭代，我们找到了 α =1.3333333这个特定位置时，使得对于7m的基本单元，切割面距离最近的节点距离可以大于500mm。几何构成中采用了 α =1.333333。

对于一个7m的基本单元来说，有三个最有利的切割面——间距2.3333m。基本面构成节点侧0.5185m处还有一个切割面可用。然而只有结构外部的那个平面可以构成节点。沿基本面切割可以构成7个不同的气枕组成的重复系列，而可选面切割可以构成16个不同的气枕组成的重复系列。

◆ 单元尺寸

设计方案竞赛基于7m的基本单元。它有以下特点：

气枕直径达9m

外墙的高度内约有5个气枕

7m的屋盖深度没有过多的无效构件

厚约为3.5m的墙具有较好的复杂视觉效果

我们采用了6.5至7.5m的基本单元，以提供结构有效性和视觉复杂性最好的平衡。

◆ 适应建筑设计

基本单元大小的最终确定，取决于从期望的透视角度所决定的基本切割面定位。

通过改变单元大小，选择切割面间距，由此可有利于做出墙位置关系的选择。

最终取决于外墙外立面之间切割面总数的选择。比如说，如果建筑的尺寸是184m×184m，6.571m的基本单元将会有84个切割面，而7.459m的基本单元将会有74个切割面，在这两个基本单元大小之间可有9种选择。每种选择经研究都可以找到它们的最佳结果。

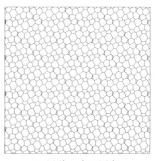

(a) 三维图

◆ 最终几何形体

设计中采用的基本单元的几何尺寸是7.211m。屋盖结构基本的切割面中心距2.404m，气枕可获得最大可能的重复性，并生成深7.211m的屋盖结构。对墙体，我们采用了距基本切割面0.534m的第二层切割面。这样形成一个厚度为3.472m的墙体，表现出较好的视觉复杂性，屋盖结构比较有规律，取得最优的结构方案。

(b) 屋盖上表面图案

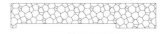

(c) 外墙面图案

图5-9 "水立方"钢框架结构模型

5.4　结 构 设 计

5.4.1　结构设计标准

结构设计采用2000系列规范，基本设计标准及参数如下：

结构设计使用年限：	100年
结构抗震设防烈度：	强8度（α_{max}=0.21）
建筑抗震设防类别：	乙类
场地特征周期：	0.4s
基本风压：	0.50kN/m^2
基本雪压：	0.45kN/m^2
地基基础设计等级：	甲级
基础设计安全等级：	一级
人防抗力等级：	6级

勘察报告提供的基本数据如下：

场地类别：	III类
场地覆盖土的平均剪切波速：	>212m/s
场地覆盖层厚度：	约50m
场地土液化类别：	在设防烈度作用下，场地土无液化可能
±0.0对应的黄海高程：	45.900m
建筑抗浮设防水位：	−1.900m（绝对高程44.000m）
场地土标准冻结深度：	0.8m

结构基本用材如下：

现浇钢筋混凝土墙、柱用混凝土：	C40～C50
现浇梁、板用混凝土：	C30
基础板及承台：	C35，S12
地下室外墙（含外墙柱）：	C35，S12
现浇梁、板、柱用钢筋：	HPB235、HRB335及HRB400
空间钢框架结构用钢材：	Q345C及Q420C
预应力梁用高强低松弛钢绞线的极限抗拉强度：	1860MPa

5.4.2　基础结构

　　国家游泳中心工程基础采用桩基础，这主要是从结构的抗浮设计安全出发作出的选择。由于建筑物地下二层，底层地面标高−11.300m，上部结构重量轻，加上勘察部门提供的抗浮设防水位较高（−1.900m）。结构设计在综合考虑各种因素后，决定采用桩基础。

基础类型：ϕ400钻孔灌注桩，平均有效桩长18m，总桩数4366根；

成桩方式：采用内置钢管引导，中低频振插就位的后插钢筋笼成桩新工艺。

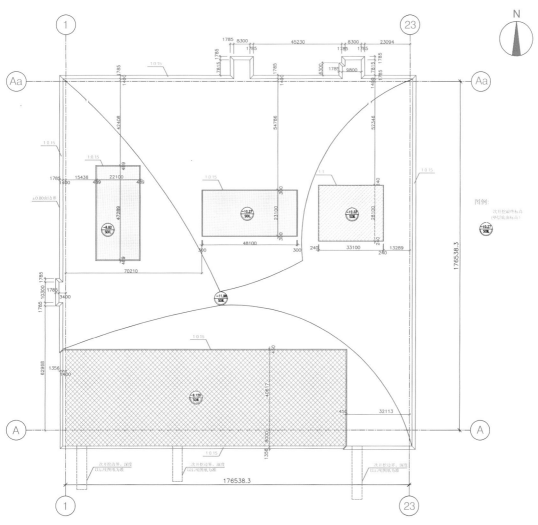

图5-10 "水立方"基坑开挖图

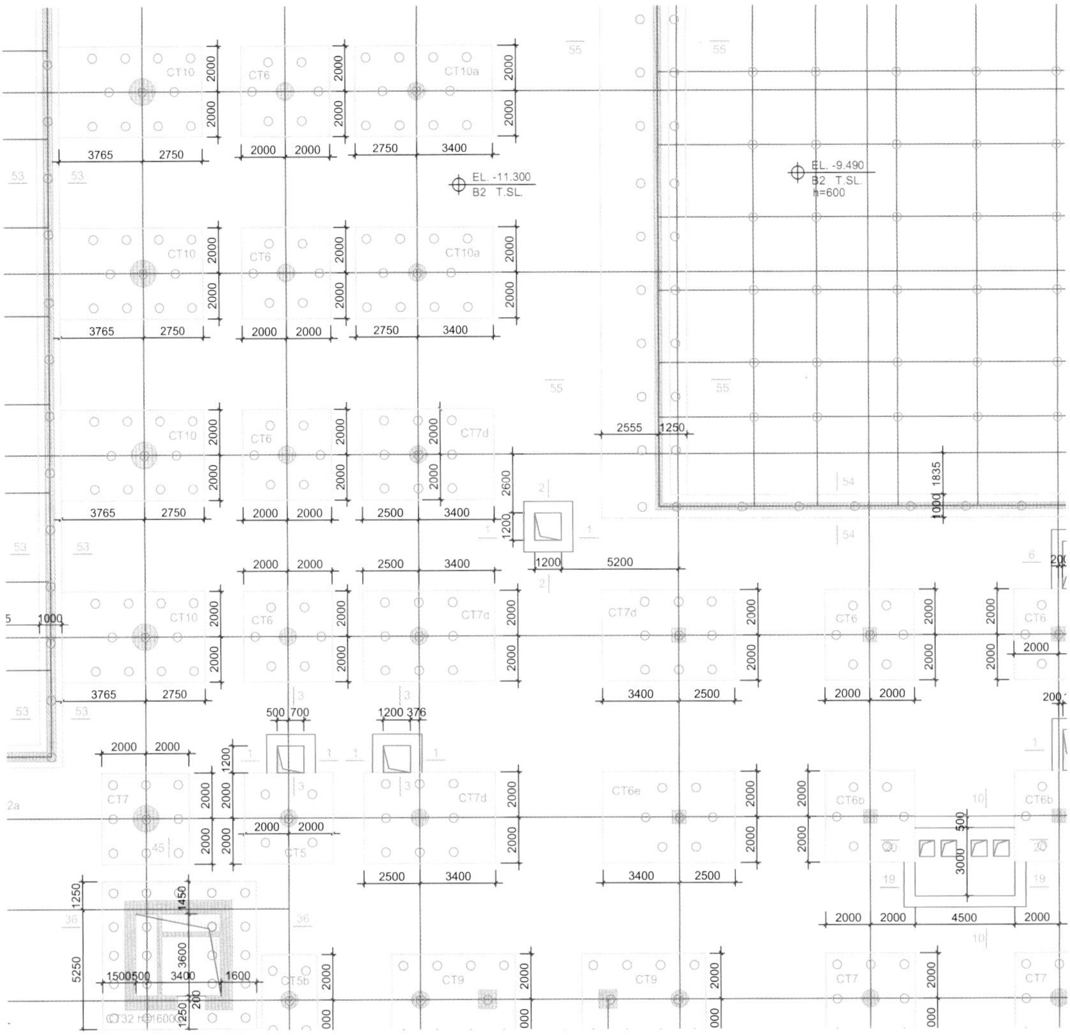

图5-11 基础配桩平面图（局部，钟勇绘）

桩 设 计 参 数 表

桩 型	单桩竖向承载力设计值（kN）	单桩抗拔承载力设计值（kN）	试 桩极限承载力（kN）	主 筋	数 量
承压桩一	1200	200	2481（抗压）	6Φ16	1641根
承压桩二	1200	350	2481（抗压）	6Φ20	517根
承压抗拔桩	1200	600	1430（抗拔）	12Φ20	2208根

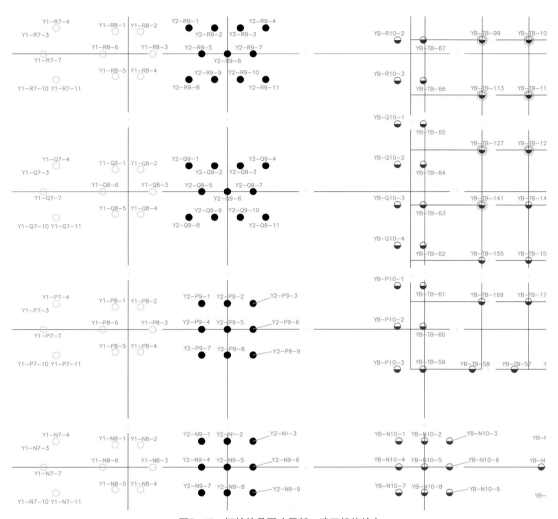

图5-12 打桩编号图（局部，建工机施绘）

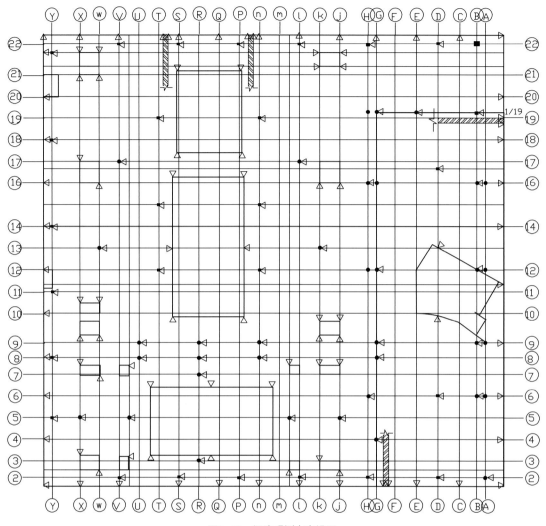

图5-13 沉降观测点布设图

附施工配合过程文件一：

对"桩基试验的若干问题"回复

一、问题回复

1. 规范要求试桩的边界条件应与工程桩的边界相一致，为此，我们提出"试桩宜在基坑第一阶段开挖后进行"。并且为了搞清整个场地桩基施工的可行性、可靠性，均匀布置试桩是适宜的。

2. 图中标明的"抗压桩一"、"抗压桩二"的受力状态为竖向受压，试验为静载受压；中间水池区全涂黑三桩的受力状态为抗拔，试验按抗拔进行。

3. 技术要求按"国家游泳中心"桩基试桩及检测要求进行。为了与"勘察报告"所确定的标准及给定的参数相一致，我们依然采用"JGJ94-94"标准提出的相关试验要求。此规范中尚没有引入"特征值"概念，这是不同系列标准所带来的问题。我们的意见是，"设计值"一般为"特征值"的1.2倍。

二、"国家游泳中心"桩基试桩及检测要求补充及修正

1. 第二、2条：单桩静载荷试验的技术要求以JGJ94-94《建筑桩基技术规范》附录C、附录D为准进行。参照新颁规范《建筑基桩检测技术规范》（JGJ106-2003）及《基桩低应变检测技术规程》（JGJ/T93-95）执行。

2. 第三、3条："按试验统计原则确定的单桩承载力极限值和设计值"改为"按试验统计原则确定的单桩极限承载力标准值和设计值"，以与"JGJ94-94"规范文字一致。

中建设计联合体

2003-10-31

5.4.3　混凝土结构

国家游泳中心工程的主体功能区结构为钢筋混凝土框架-剪力墙结构。支承钢框架结构的部分框架柱采用了钢管混凝土柱；热身池大跨空间上空采用了部分有粘结预应力混凝土大梁。

由于结构分为赛时和赛后两种功能模态设计，比赛大厅观众席有11000座为临时钢结构支承的座椅，这部分座椅在奥运会比赛后将予以拆除，然后加建两层混凝土结构，加建后的面积便于赛后利用。

以下为赛时设计的部分结构图纸：

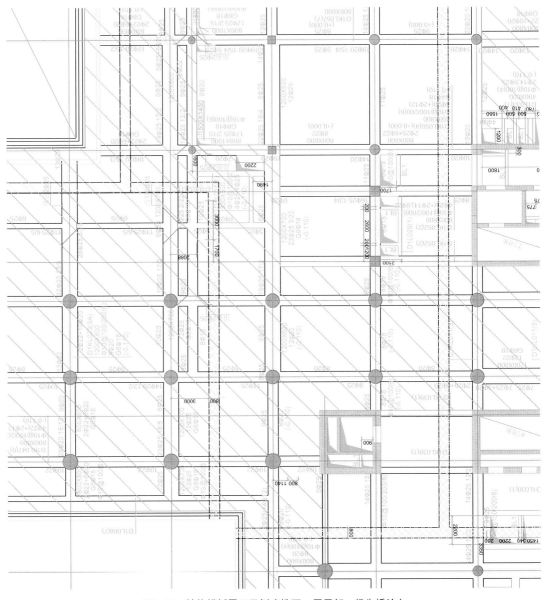

图5-14　结构模板平面示例（地下一层局部，杨先桥绘）

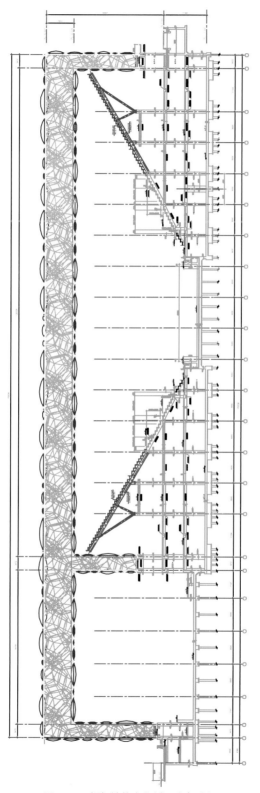

图5-15　框架结构南北剖面（赛时）

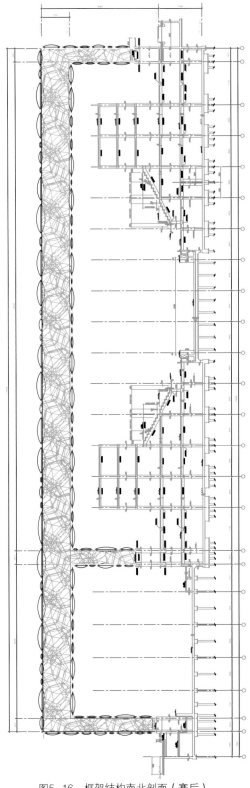

图5-16 框架结构南北剖面（赛后）

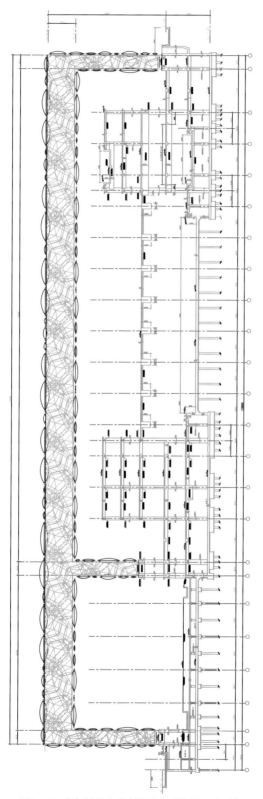

图5-17　框架结构南北剖面（俱乐部区，赛时）

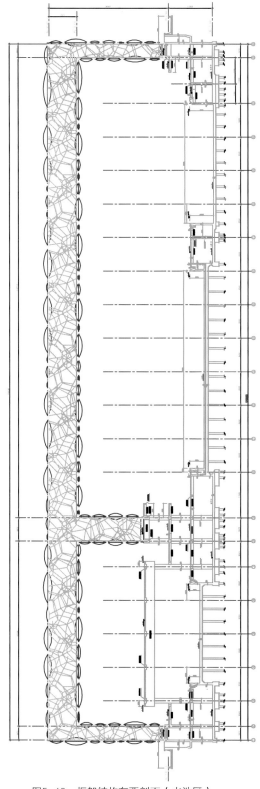

图5-18 框架结构东西剖面（水池区）

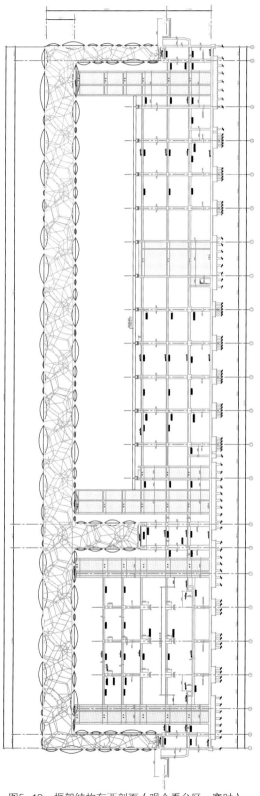

图5-19　框架结构东西剖面（观众看台区，赛时）

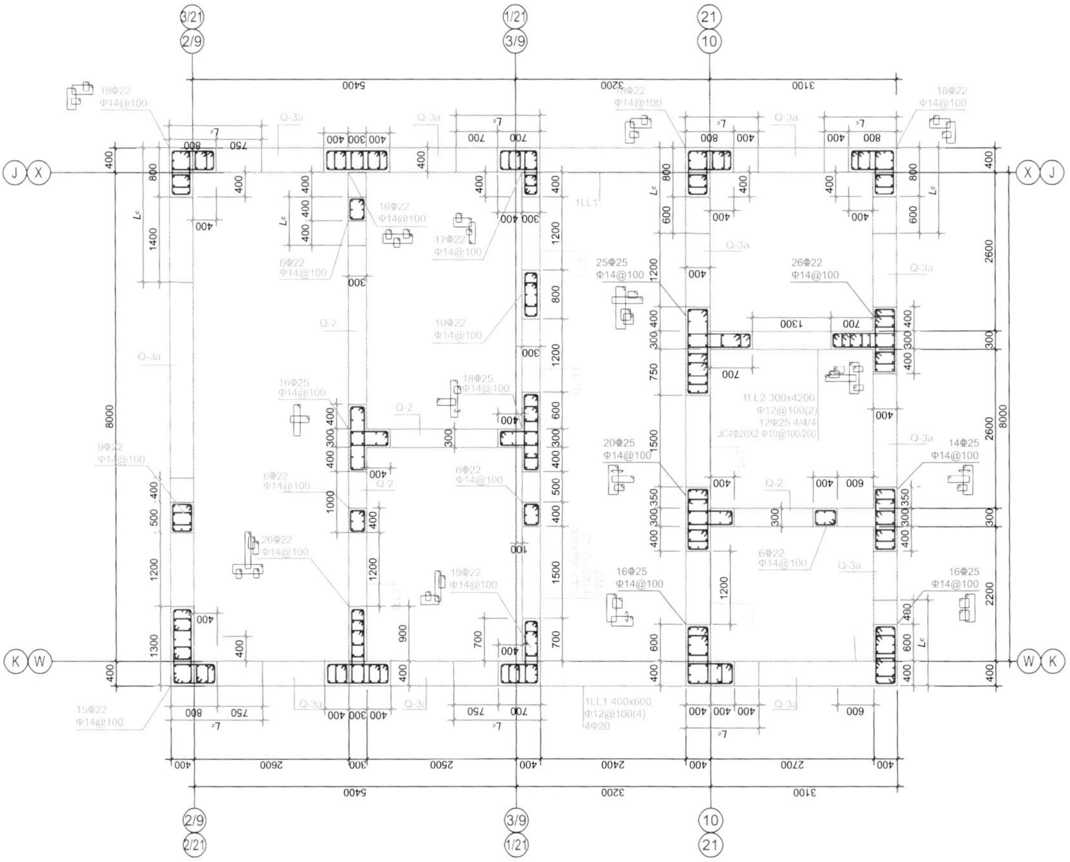

图5-20   核心筒配筋示例（吴兴昊绘）

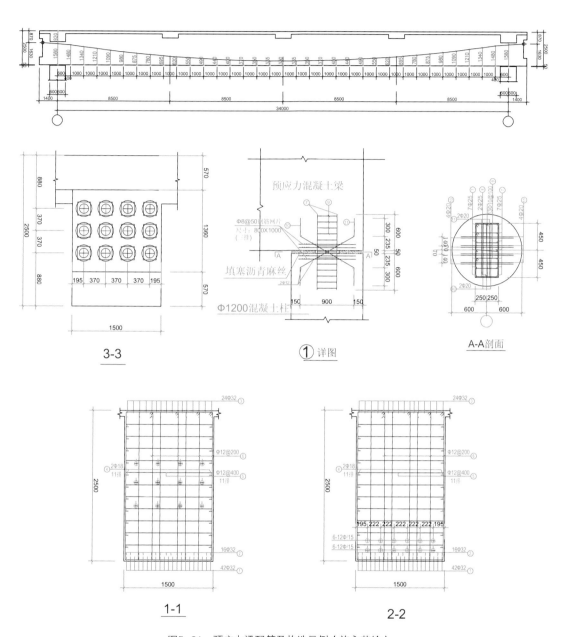

图5-21　预应力梁配筋及构造示例（施永芒绘）

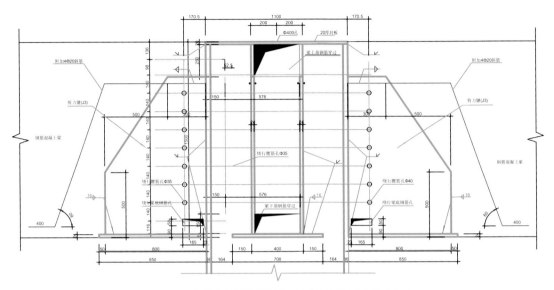

图5-22 钢管柱与转换梁相交节点构造示例（朱铁庚绘）

5.4.4 游泳池、跳水池及跳塔结构

国家游泳中心的游泳池、跳水池及跳塔结构均采用全现浇钢筋混凝土池体。其中，游泳竞赛池采用了与主体结构分离式的做法，这种做法的优点是：池体结构不受主体结构温度变化的影响，同时，由于在池体底板与主体结构基础底板之间设置了一层"沥青砂"隔振层，使得池外观众和各种比赛组织人流、器械引起的振动将不会传导到竞赛池内。

各功能水池池内壁裂缝控制标准为0.15mm。

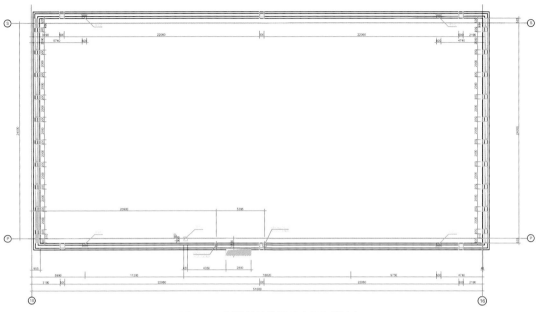

图5-23　游泳池结构平面（杨先桥绘）

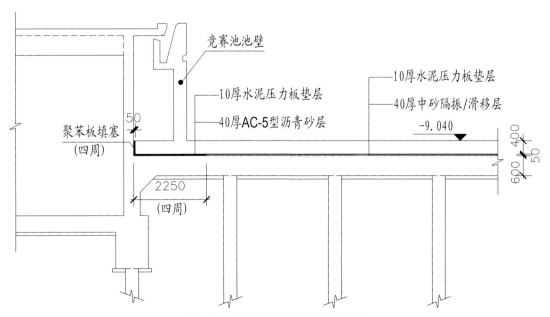

图5-24　竞赛池底滑移隔振功能层做法

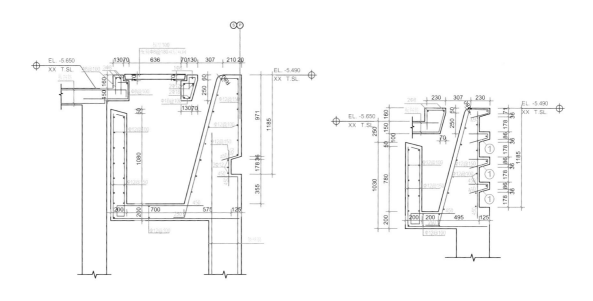

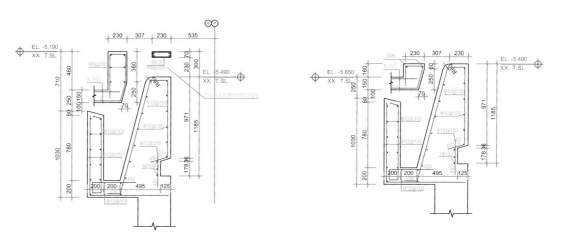

图5-25　游泳池节点详图（杨先桥绘）

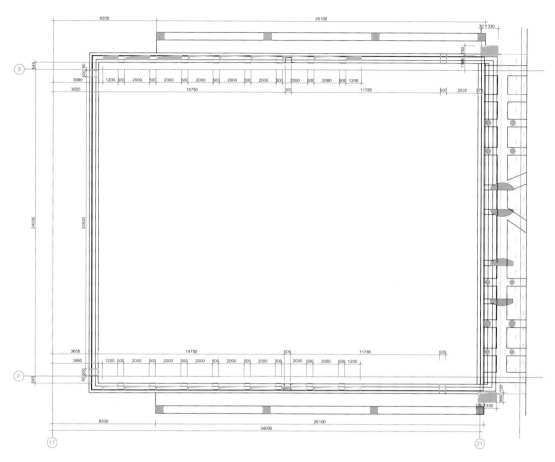

图5-26 跳水池结构平面图（杨先桥绘）

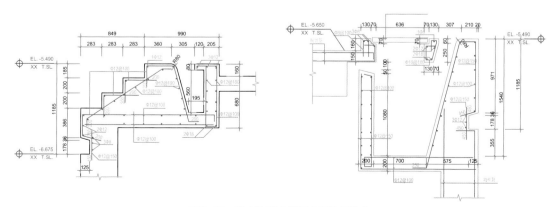

图5-27 跳水池节点详图（杨先桥绘）

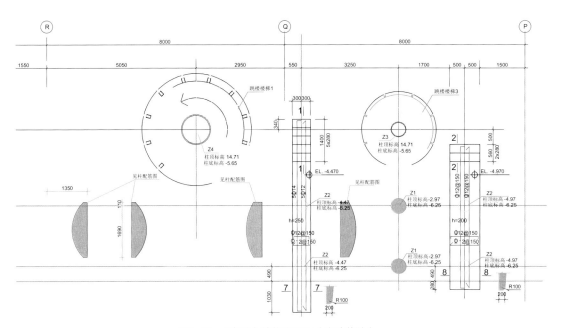

图5-28 1米跳台结构平面图（李建伟绘）

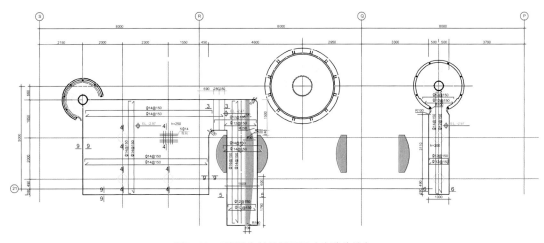

图5-29 3米跳台结构平面图（李建伟绘）

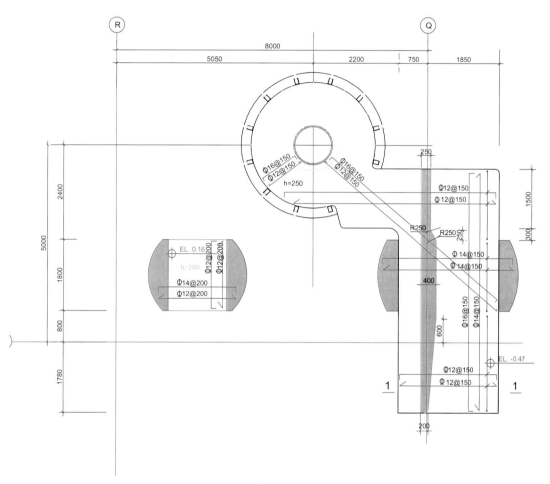

图5-30 5米跳台结构平面图（李建伟绘）

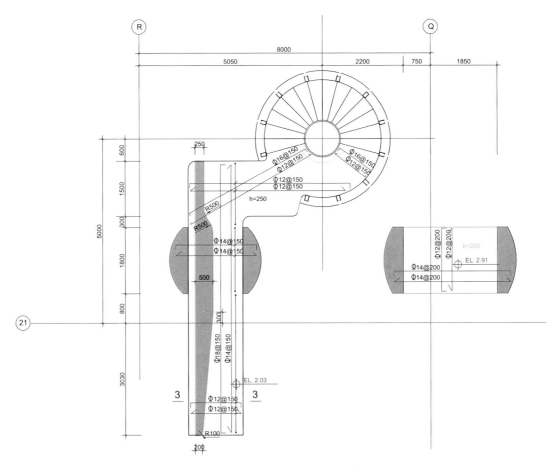

图5-31　7.5米跳台结构平面图（李建伟绘）

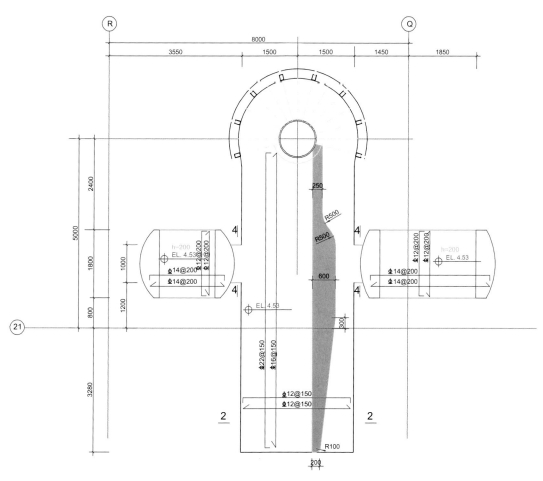

图5-32 10米跳台结构平面图（李建伟绘）

5.4.5 临时座椅及平台结构

国家游泳中心的临时座椅及平台结构是为了满足奥运会赛时需要的临时性结构。

临时座椅结构采用的是轻钢框架支承的Z型钢加定型钢格栅板结构，钢格栅板上铺设水泥压力板作为台阶台面，并在其上安装临时座椅。

临时平台结构采用的是在钢梁上铺设压型钢板、上浇轻骨料混凝土的平台板做法。

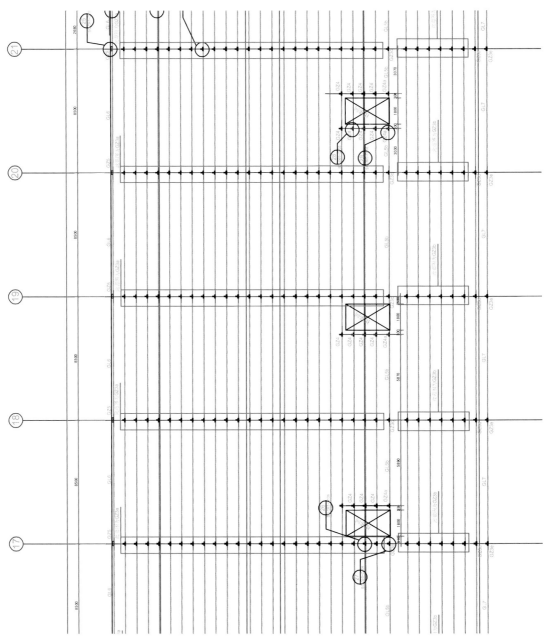

图5-33 临时看台结构平面图（局部，谭伟绘）

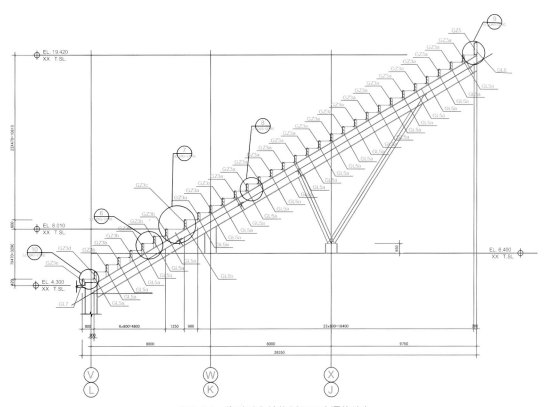

图5-34 临时看台结构剖面图（谭伟绘）

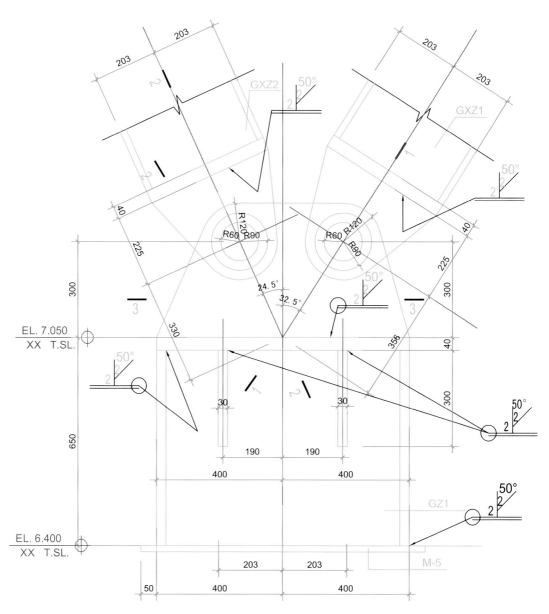

图5-35 临时看台基座销轴节点图（谭伟绘）

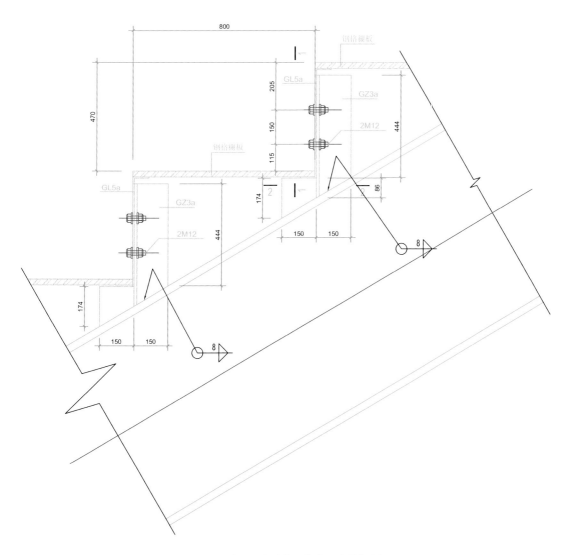

图5-36　临时看台结构座位详图（谭伟绘）

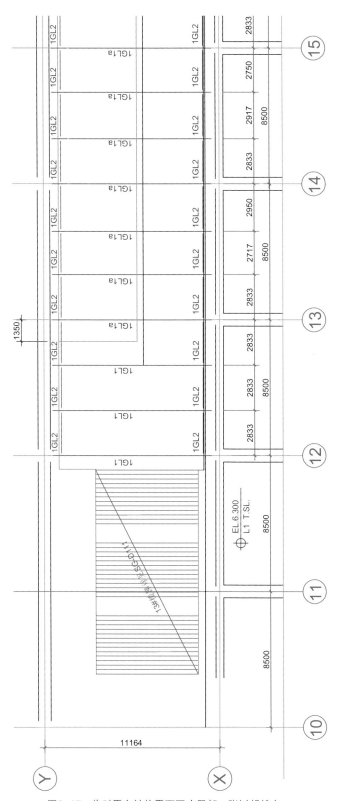

图5-37　临时平台结构平面图（局部，张以哲绘）

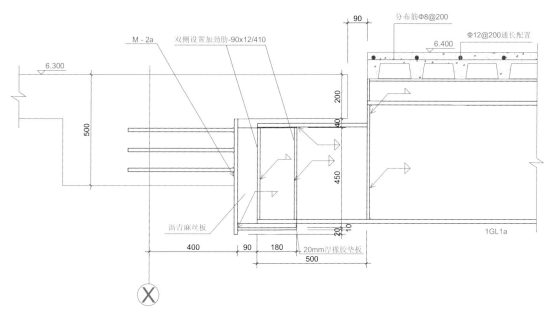

图5-38 临时平台结构与混凝土结构连接节点图（张以哲绘）

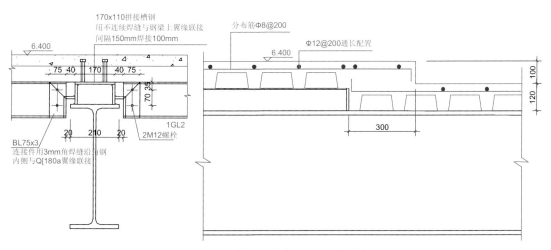

图5-39 临时平台结构节点图（张以哲绘）

5.4.6 室外护城河结构

国家游泳中心护城河结构采用CFG桩复合地基，复合地基褥垫层采用中砂，目的是为了护城河结构在温度变化时允许其有相对于地基的滑移变形以减小温度效应。护城河结构平面布置比较复杂，既有在原主体结构之上的板区，也有在复合地基上的板区，保证两者之间的变形协调尤显重要。

为保证护城河的河水冬天不结冰，同国家大剧院一样，我们也采用了地源热泵深层采水技术。

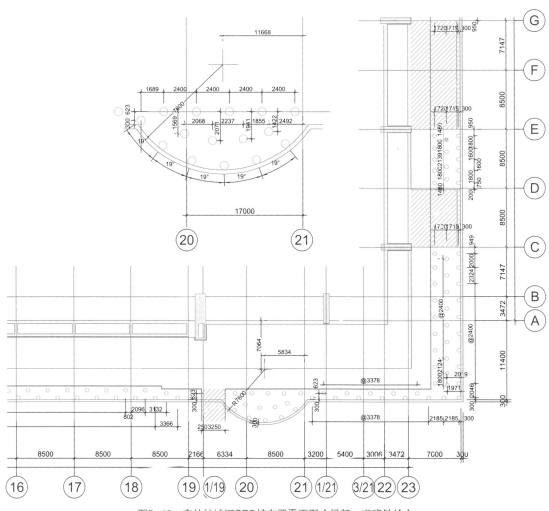

图5-40　室外护城河CFG桩布置平面图（局部，冯晓敏绘）

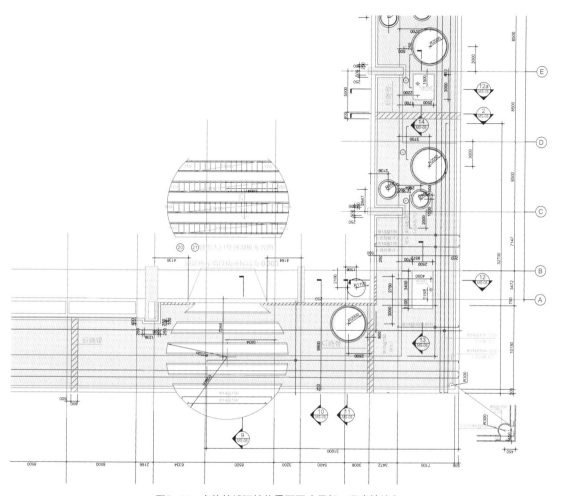

图5-41 室外护城河结构平面图（局部，冯晓敏绘）

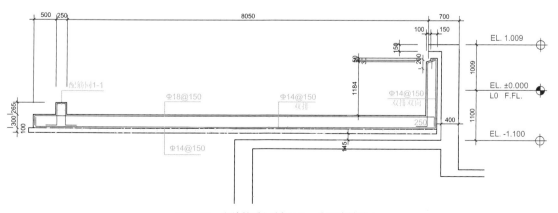

图5-42 室外护城河剖面图一（冯晓敏绘）

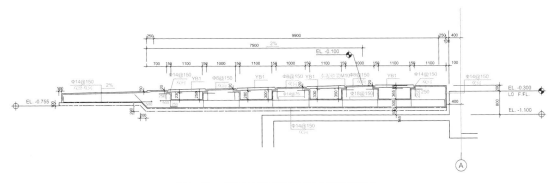

图5-43 室外护城河剖面图二（冯晓敏绘）

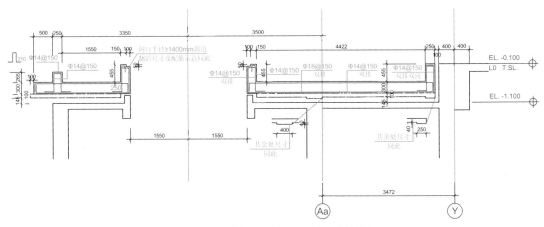

图5-44 室外护城河剖面图三（冯晓敏绘）

5.4.7 多面体空间钢框架结构简述

国家游泳中心多面体空间钢框架结构的设计总用钢量约为6700吨（不含埋件和加强板），选用材质为国标钢材Q345C、Q420C，并附加抗震性能有关技术指标。钢结构屋盖上下及墙体内外表面均为箱形焊接杆件，高度均为300mm，宽度从80mm～450mm不等，壁厚从6mm～40mm，杆件断面形式共21种；中间层球形框架的杆件均为圆钢管，直径为ϕ219mm～ϕ610mm，壁厚为4mm～40mm，共16种类型。内外表面箱型杆件的最大截面尺寸为450mm×300mm×40/30mm，中间层钢管最大截面ϕ610mm×40mm。球体从ϕ300×10mm～ϕ800×60mm共计28种规格。合计焊接球9843个，杆件20670根，构件总数为30513个。

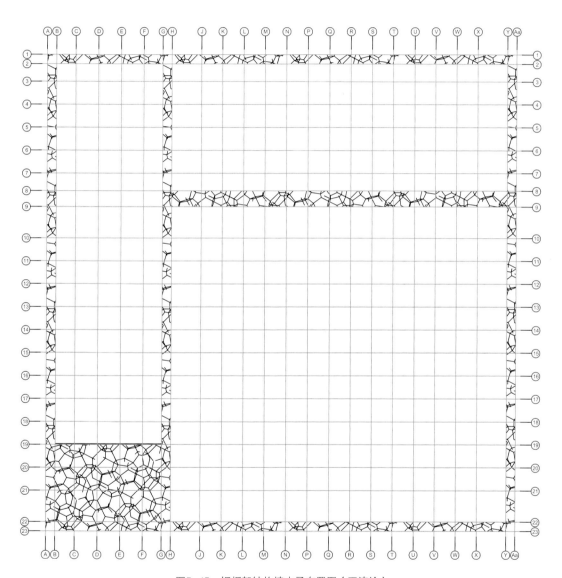

图5-45　钢框架结构墙支承布置图（王涛绘）

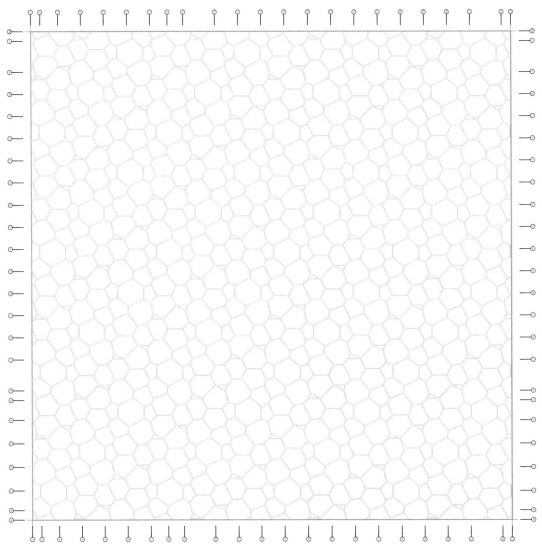

图5-46   钢框架结构屋顶上弦平面图（王涛绘）

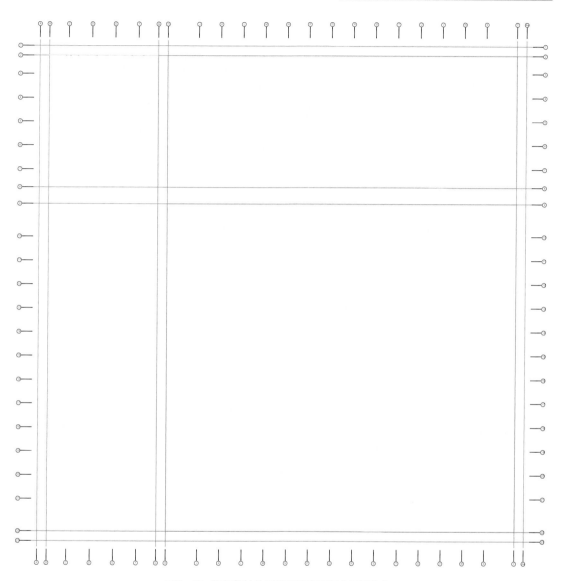

图5-47 钢框架结构屋顶下弦平面图（王涛绘）

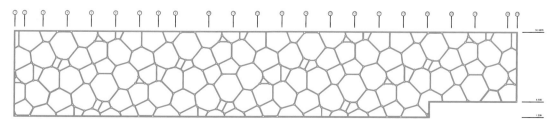

图5-48 框架南墙外立面图（王涛绘）

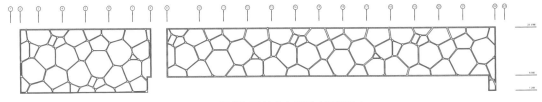

图5-49 钢框架北墙内立面图（王涛绘）

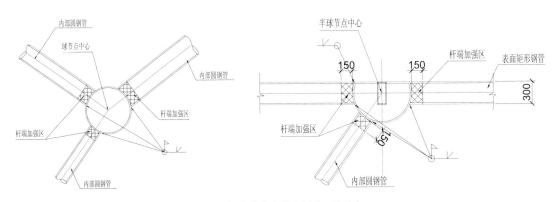

图5-50 杆件节点连接示例（王涛绘）

5.4.8 ETFE气枕结构简述

国家游泳中心的建筑围护结构采用了一种新型的、叫做ETFE的气枕结构。

ETFE（100%聚四氟乙烯）气枕结构在欧洲市场应用于屋盖和墙体已长达15年之久，但国内有关ETFE的生产、研究至今仍属空白，在国家游泳中心的应用也属首次。在本工程中，ETFE气枕覆盖的结构内外表面面积达12万平方米，是目前世界上最大的ETFE应用工程。

ETFE气枕结构与传统建筑围护结构相比，有相当多的优点。ETFE材料重量轻，较其他膜结构如PVC、PTFE膜结构等更简单、轻巧，大大节省结构成本。ETFE透光性好，属阻燃性材料，日光被引入内部空间,外表美观,可创造出独特的动感的建筑特质。

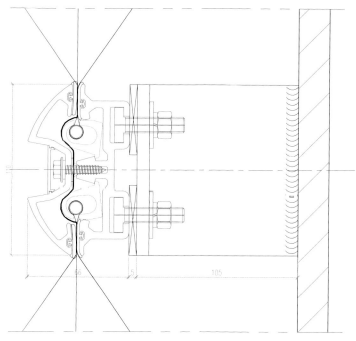

图5-51　气枕外立面标准节点示例(合作单位绘)

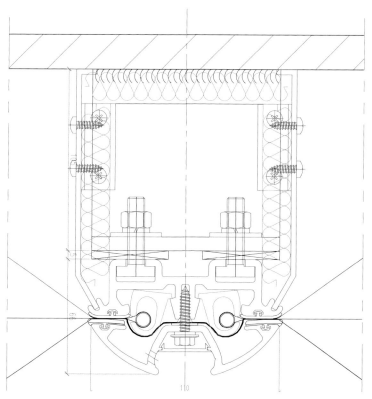

图5-52　气枕内立面标准节点示例(合作单位绘)

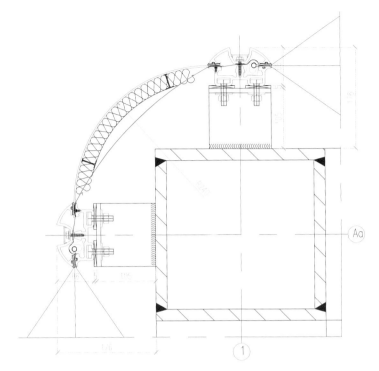

图5-53　气枕外棱节点示例(合作单位绘)

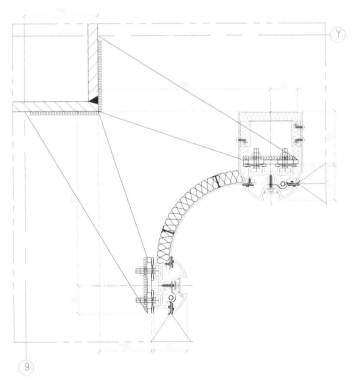

图5-54　气枕内棱节点示例(合作单位绘)

5.5　结构施工简述

国家游泳中心工程的整个施工前后历时四年多，其中结构工程的施工历程大致如下：

基础开挖施工　⇨　桩基础及垫层结构施工　⇨　地下结构施工　⇨　地上混凝土结构施工　⇨　临时钢结构施工　⇨　多面体空间钢框架结构施工　⇨　ETFE膜结构施工　⇨　室外景观及护城河结构施工。

以下为施工过程中的部分照片记录：

5.5.1　混凝土结构施工

图5-55　四年前的开工准备（红旗处为水立方的"心"点）

图5-56 基槽开挖

图5-57 基础灌注桩施工中

图5-58 基础承台砖模施工中

图5-59 比赛大厅观众看台结构施工中

图5-60 比赛大厅游泳池结构施工中

图5-61 临时座椅支承结构施工中

图5-62　比赛大厅临时座椅Z形钢梁结构施工中

图5-63　比赛大厅座椅结构安装施工中

图5-64 比赛大厅竞赛池铺砖施工中

图5-65 比赛大厅竞赛池和跳水池蓄水后

图5-66　室外护城河结构防水铺装施工中

图5-67　室外护城河施工结束等待蓄水

5.5.2 钢框架与气枕结构施工

图5-68 钢框架结构墙体杆件安装施工中

图5-69 钢框架结构墙体杆件安装施工全景

图5-70　钢框架结构屋面杆件安装施工中

图5-71　钢框架结构屋面杆件安装施工全景

图5-72 钢框架结构施工全景

图5-73 钢框架结构腹杆焊接球节点

图5-74　钢框架结构施工完成后比赛大厅内景

图5-75　钢框架结构施工完成后嬉水大厅内景

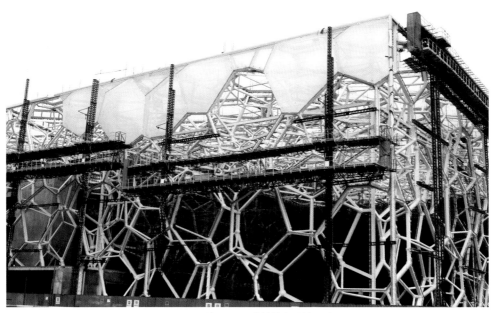

图5-76 墙面ETFE膜结构安装施工中

图5-77 墙面ETFE膜结构安装施工中

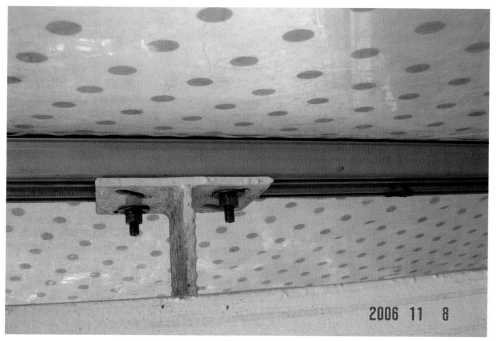

图5-78 ETFE膜结构与主钢结构转换节点

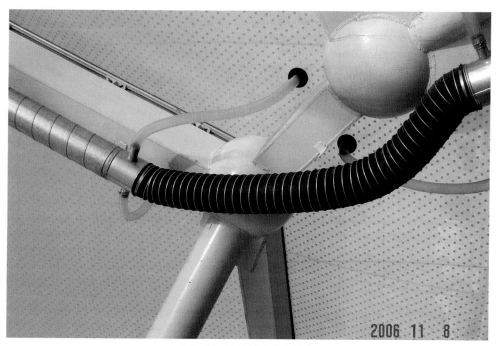

图5-79 ETFE气枕充气节点

图5-80 ETFE气枕膜材镀点

图5-81 水立方ETFE气枕施工完成远景

附施工配合过程文件二：

国家游泳中心结构工程施工技术说明

目　录

1. 总　则

1.1　结构概况

国家游泳中心工程结构的平面尺寸约为177m×177m，结构基础板顶面标高大部分为−11.300m，钢结构屋顶标高为30.587m，钢结构最大跨度约130m。赛时结构地下2层，地上3层（局部）。设永久看台6000余座，赛时临时看台11000座。建筑功能主要为满足第29届奥运会游泳、跳水、水球等比赛要求。

考虑结构抗浮安全及钢结构对地基变形的要求，本工程结构采用钻孔灌注桩基础。钢屋面下混凝土部分采用框架−剪力墙结构体系，主体钢结构采用基于泡沫理论演变生成的延性空间钢框架结构，混凝土部分局部较大跨度结构采用了部分预应力梁（有粘结），支撑钢结构的部分柱子采用了钢管混凝土柱。

本工程设计基准期为50年，设计使用年限为100年，其他结构设计的等级确定详见结构设计总说明。

1.2　结构工程的施工范围

1.2.1　施工范围

本次合同招标项目的结构施工为主体结构工程，具体包括以下各分项工程：

桩承台及基础底板工程。

楼层混凝土结构工程（包括各层梁、板、墙柱、水池、楼梯、预埋件置设等）。

临时钢结构工程（临时座椅、临时楼梯、临时平台）的安装配合工作。

室外附属结构工程（连带部分土方开挖、护坡及地基浅层处理作业）。

主体钢结构工程（施工技术要求另详）的安装配合工作。

建设方要求的其他施工作业。

1.3 与前期土方及基础处理工程施工方的工作交接

1.3.1 交接内容

国家游泳中心工程的前期土方及基础处理工程的施工由北京市机械施工公司负责，前期工程的主要内容有：土方开挖及基坑支护、降水、桩基及基础垫层，本标期施工方进场后，自桩基承台坑侧壁修整硬化、基础垫层上防水工程开始接续施工。

因此，承包方进场后，需要和前期施工方进行工作交接，主要有以下内容：

与前期施工方进行前期工程技术资料（含现场监测资料）移交和工程施工现场移交工作。

依据前期施工方移交的经过竣工验收的工程和现场资料，结合结构设计招标图纸，明确本结构工程承包方接续施工的边界条件。

承包方如接续使用前期施工方的各种测量控制数据，须与前期施工方进行交接核查，并对承接的数据量值与精度负责。

承包方进场后，即应立即开始进行现场测量基准设施的检核、整修、布放以及接续前期工程的监测测量工作。

1.3.2 与前期工程施工方的移交办理后，移交双方均应在相关移交证明文件上签字。

1.4 关于设计变更及工程洽商

1.4.1 由设计单位出具的盖有设计单位出图及注册工程师章的设计变更文件必须在建设方（项目管理方）及监理工程师签字批准后才可以进行施工。

1.4.2 由施工方提出的提请设计单位或建设、监理方给予审核确认的工程洽商应明确提出洽商的原因、洽商事由及洽商目的，如须申请进行设计变更的应予注明，并应在洽商所涉各方审核签认后才可以进行施工。

1.5 结构施工应遵循的标准、规程和规范

施工中应遵循的标准、规程和规范主要有：

DBJ01-51-2003 建筑工程资料管理规程

GB50300-2001 建筑工程施工质量验收统一标准

GB50204-2001 混凝土结构工程施工质量验收规范

GB50202-2002 建筑地基基础工程施工质量验收规范

GB50164 混凝土质量控制标准

GB175-1999 硅酸盐水泥、普通硅酸盐水泥

GB1344-1999 矿渣硅酸盐水泥、火山灰质硅酸盐水泥及粉煤灰硅酸盐水泥

JGJ55-2002 普通混凝土配合比设计规程

JGJ52-92　普通混凝土用砂质量标准及检验方法

JGJ53-92　普通混凝土用碎石和卵石质量标准及检验方法

GBJ 119-88　混凝土外加剂应用技术规范

GB50203-2002　砌体工程施工质量验收规范

GB50208-2002　地下防水工程质量验收规范

JGJ79-2002　建筑地基处理技术规范

GB50007-2002　建筑地基基础设计规范

GB50108-2001　地下工程防水技术规范

JGJ120-99　建筑基坑支护技术规程

DBJ01-501-92　北京地区建筑地基基础勘察设计规范

GB50038-94　人民防空地下室设计规范

GB50026-93　工程测量规范

GB50330-2002　建筑边坡工程技术规范

GBJ201-83　土方及爆破工程施工及验收规范

GB50010-2002　混凝土结构设计规范

GB50011-2001　建筑抗震设计规范

GB50017-2002　钢结构设计规范

GB50205-2002　钢结构工程施工质量验收规范

JGJ81-2002　建筑钢结构焊接技术规程

CECS 28：90　钢管混凝土结构设计与施工规程

CECS 24　钢结构防火涂料应用技术规程

GBJ 16-87　建筑设计防火规范

JGJ/T 14-95　混凝土小型空心砌块建筑技术规程

JGJ98-2000　砌筑砂浆配合比设计规程

JGJ18-2003　钢筋焊接及验收规程

GB1499　钢筋混凝土用热轧带肋钢筋

GB/T5224-2003　预应力混凝土用钢绞线

JGJ107-2003　钢筋机械连接通用技术规程

JGJ85-92　预应力筋用锚具、夹具和连接器应用技术规程

JGJ/T114-97　钢筋焊接网混凝土结构技术规程

JGJ/T 8-97　建筑变形测量规程

JGJ104-97　建筑工程冬期施工规程

JGJ120-99　建筑基坑支护技术规程

JGJ33-2001　建筑机械使用安全技术规程

JGJ6-99　建筑施工安全检查标准

JGJ94-94　建筑桩基技术规范

CECS 96：97　　　基坑土钉支护技术规范

GB/T1591–94　　低合金高强度结构钢

JISG 3136–1994　结构用热轧或冷压型钢

JGJ102–96　　　玻璃幕墙工程技术规范

2. 勘测、测量与观测

2.1　基本技术要求

2.1.1　除特别要求以外，本工程的勘测与测量精度应符合现行建筑工程有关规范（规程）对勘测与测量精度的要求。

2.1.2　需要报请专业行政主管部门审校确认的测量及定桩成果应按规定程序报请确认后才可以进行下一步的勘测工作。

2.1.3　承包商应雇用注册专业勘测工程师或专业勘测员来进行测量工作，并确保工程的外部基线、建筑物的标高、各种结构构件、现场架设及其他施工行为的几何准确。

2.1.4　参考设计图纸上的关键控制点，并以业主事先准备好的现场勘测资料为依据。用基准点与勘测控制法对现场进行实地勘测。内容如下：

根据施工合同立桩；

根据设计图纸及施工要求进行最后的现场放线定位。

2.1.5　立桩：在施工过程中，基准线、参考标高、组件及其他施工细节，必须在该项工程及其所使用材料允许的偏差范围内准确地布线。

2.1.6　放线：确定层面基线、标高及临时基准点的基础。该基础应设在两个相互远离的位置上。在施工过程中，每一楼层设一基础。

确定合同规定的所有界限，防护挡板，及其他临时建筑的位置。

确定基脚，板坯，取土坑，贮槽及附属建筑的位置。确定它们的设计承压能力。

位置的确定可以参考图纸上的基准线系、坐标点，建筑红线，合同规定的界线和物业界线。

根据参考设计标高定线，并依据新的或现实情况确定标高。

确定附加的勘测控制线及施工所必需的临时基准点。

经监理工程师批准，确定该工程轴线的永久性基准点。并作为将来放线的参考。

2.1.7　协调：承包商应要求分包商及其他为本工程服务相关单位使用已确定的基准线及标高。

2.1.8　偏差：如果工程现场的实际基准及标高与合同图纸上的基准线及标高的偏差超出了允许的范围，应立即以书面的形式向监理工程师报告偏差的大小。相关的施工应立即停止，直至收到监理工程师书面指令。

2.1.9　由承包商准备的施工勘测图纸应该清晰、准确地标明施工的实际地理位置及地形。

图纸应标明地上部分的现状及变化，地下供给设施及公用设施，同时应标出永久性的、明确的勘测标记。

确定地形点的标高时，应使网络线与参考点之间至少相距5米。

勘测数据及地形资料应由在现场勘测的注册专业勘测员出具证明，盖章，并签字。

2.2 特别技术要求

2.2.1 本工程的各功能水池结构（跳水池、游泳竞赛池、练习池等）施工精度要求：

水池内表面水平方向偏差不得超过±3mm。

水池内表面垂直方向偏差不得超过±1mm。

水池底板板面标高偏差不得超过±3mm，池壁顶面标高偏差不得超过±1mm。

2.2.2 支撑主体钢结构的混凝土结构构件上设置的预埋件定位精度偏差不得超过±2mm。

2.3 建筑物的变形观测

2.3.1 变形观测内容

本工程变形观测的内容为：建筑沉降（上浮）观测和基坑挡土墙位移观测。建筑沉降（上浮）观测包括测量建筑物地基的沉降（上浮）量、沉降差及沉降速度，并计算基础倾斜、局部倾斜、相对弯曲；基坑挡土墙位移观测主要测量土钉墙的水平位移、地面的沉降等。

2.3.2 位移观测点的设置

建筑沉降观测点设在建筑物、游泳池、跳水池、热身池的四个角点、十个核心筒及建筑纵横两个方向每隔三跨的柱上，具体位置结构施工图中另有详细标注；

基坑土钉墙位移观测点沿基坑边每隔20m左右设置一个，基坑周围25m内对沉降敏感的设施设沉降观测点；

位移观测点的埋设方法及基准点的设置应满足有关规范及标准的要求。

2.3.3 建筑沉降观测技术要求

本工程变形观测等级为一级，测量仪器的精度应满足相应的精度要求；

建筑施工阶段的沉降观测，在基础地下二层柱墙完成后开始进行，混凝土结构施工时，每完成一层测量一次，在钢结构施工中，每两个月测量一次，钢结构完成后测量一次。建筑装修期间，每三个月测量一次；

建筑物使用阶段的观测次数，一般情况下，可在第一年观测3~4次，第二年观测2~3次，第三年后每年1次，直至稳定为止；

沉降是否进入稳定阶段，应由沉降量与时间关系曲线判定。若最后三个周期观测中每周期沉降量不大于$2\sqrt{2}$倍测量中误差可认为已进入稳定阶段，或根据北京地区经验确定；

在观测过程中，如有基础四周大量积水、长时间连续降雨及地下水位有较大变化等情况，均应及时增加观测次数。当建筑物突然发生大量沉降(上浮)、不均匀沉降或严重裂缝时，应立即进行逐日或几天一次的连续观测；

观测过程中如有异常情况应立即通知设计单位及有关部门。

2.3.4 基坑土钉墙位移观测要求

基坑开挖及支护施工期间每天监测一次，当监测结果变化速率较大时，每天监测两次。支护施工结束后，地下结构工程施工期间每周监测一次直至基坑回填土结束；

在观测过程中，如有基坑边大量堆载、长时间连续降雨等情况或当有事故征兆出现时，应连续监测；

当挡土墙的变形每天超过2mm或挡土墙的总位移超过60mm时，应及时通知设计单位，研究措施，阻止变形发展，确保基坑周围设施及基坑安全；

观测过程中如有异常情况应立即通知设计单位及有关部门。

2.3.5 位移观测成果

沉降观测成果表；

沉降观测点位分布图及各周期沉降展开图；

建筑物等沉降曲线图；

沉降观测分析报告。

3. 现场浇筑混凝土

3.1 总要求

3.1.1 鉴于本工程的结构重要性，建议所有重要结构构件均应使用商品混凝土，供应商品混凝土的施工协作单位应得到监理工程师的批准。并且，依据设计图纸及规范（规程）对商品混凝土原材料、外加剂以及拌和工艺等的要求，承包方有责任把这些要求明确传达给商品混凝土供应商。

3.1.2 依照有关的施工规范（规程）要求，对到场商品混凝土进行检测鉴定后才可投入现场浇筑，且此过程必须得到监理工程师的认可。

3.1.3 除满足结构设计图纸及相关规范（规程）的要求外，承包方尚应满足施工管理方对混凝土原材料及施工工艺等方面的特殊要求。

3.1.4 必须使用合法的设计文件，招标文件所附图纸为招标图纸，招标图纸仅供承包人投标之用，不能作为指导工程施工和支付的依据。

3.2 材料及施工准备

3.2.1 材料的技术要求：

满足结构设计图纸中对混凝土原材料及成品性能的要求；

主要参照图纸：结构设计总说明——SG-001~004

　　　　　　　桩基础设计说明——SG-010

满足有关规范（规程）对混凝土原材料及成品性能的要求；

主要参考规范（规程）：

GB50010-2002　混凝土结构设计规范

GB50164　　混凝土质量控制标准

GB175-1999　硅酸盐水泥、普通硅酸盐水泥

GB1344-1999　矿渣硅酸盐水泥、火山灰质硅酸盐水泥及粉煤灰硅酸盐水泥

JGJ55-2002 普通混凝土配合比设计规程

JGJ52-92 普通混凝土用砂质量标准及检验方法

JGJ53-92 普通混凝土用碎石和卵石质量标准及检验方法

GBJ 119-88 混凝土外加剂应用技术规范

JGJ104-97 建筑工程冬期施工规程

GB50204-2001 混凝土结构工程施工质量验收规范

3.2.2 编制混凝土工程的施工组织设计方案并报送监理工程师审核,在施工组织设计方案获得监理工程师批准后才可以进行施工。

3.2.3 检查现场质量控制系统是否完备并已准备就绪,相关检测设备是否处于随机可用状态。

3.2.4 按照生产需求配备机械设备并保养至随机可用状态。

3.2.5 对参与现场浇筑混凝土工程施工的各环节、各工种进行技术交底。

3.3 模板支设

3.3.1 应依据合法的设计图纸对将要制作的混凝土结构构件进行现场测量定位并支设模板。

3.3.2 模板所用材料除应满足有关规范(规程)的要求外,尚应满足施工及项目管理方提出的特殊要求。

主要参考规范(规程):

GB50204—2001 混凝土结构工程施工质量验收规范

3.3.3 其他具体技术要求

模板的尺寸和形状要符合混凝土上的洞口、凹槽、销键、分缝、梁的凸凹等的要求,重复使用模板前,应拆下钉子并彻底清洗与混凝土接触的表面并保证没有异物,模板表面处理应使用无污染的无机油或模板漆。

应保证混凝土浇筑后表面平直、光滑、紧密,无蜂窝、隆起或凹陷。保证缝隙最小,作好密封和支撑,使相邻模板边保持齐平和安装正确。难看的接缝痕迹是不允许的。

制作定型的槽钢模板,应选用批准的厂家,使用足够强度的钢板制作,且应具有235MPa的最小屈服强度。

模板横向拉结:为固定完工后暴露在外的模板,使用可拆卸的有塑性锥头的紧固螺钉、可拆卸的螺栓或特殊的可拆卸的横向拉结。其他模板可用螺栓或金属丝捆。当模板移离混凝土面时用间距不小于38mm的这种横向拉结固定。

除非监理工程师允许,否则不得直接采用挖土土壁作为垂直向的模板。

在支撑处垂直放置有加劲肋的定型钢模板时,端边要永远比支撑高出至少75mm。侧边至少要有二分之一的槽纹。模板要通过紧固垫圈与支撑紧密接触。固定装置要在模板一就位并校正后即安装好。

3.4　混凝土浇筑

3.4.1　商品混凝土到场后，必须经过现场质检监测系统检验通过后才可以投入使用，并注意设计图纸对不同部位、不同环境的结构构件混凝土性能提出的特别要求。

3.4.2　严格执行有关混凝土现场施工方面的有关规范（规程）。

主要参考规范（规程）：

GB50204—2001　混凝土结构工程施工质量验收规范

GB50010—2002　混凝土结构设计规范

GB50164　　　　混凝土质量控制标准

3.4.3　浇筑具体技术要求

用喷嘴或水落管和象鼻管或其他适当的方法防止混凝土从大于1m的高度自由落下。

对泵送浇筑与振捣过程的控制，依照相关施工规范（规程）的要求。

混凝土浇筑完毕后，应按施工技术方案及时采取有效的养护措施。

在混凝土彻底硬化并达到足以支撑自身重量及施工活荷载的强度前不要拆模、不要扰动混凝土。负责正确拆除模板并修复由于不适当的维护、不当或过早拆模而引起的破坏。

钢模板箍会不可避免地伸进永久暴露的混凝土面内但应小于38mm。混凝土浇筑完72小时后方可截断这些钢筋。拆除模板，使用方法不得使混凝土剥落或有任何损坏。用锤击混凝土或撬均不允许。

3.4.4　成品的补漏与修缮

对不符合合同或规范要求的混凝土要拆除并修补。如修补不能令监理工程师满意，要依据监理工程师的意见再拆、再修。

向监理工程师提供关于修补工作的程序表，包括材料、准备、程序等的说明。

用膨胀水泥和环氧树脂胶剂来修补。材料的强度、伸缩性、稳定性应与修补部分的现有材料相一致。

找平的一般要求：削磨找平层以满足允许误差要求。用校正浇筑量、可校准的找平板、支撑等适当的施工方法以确保符合这些要求。由于混凝土的湿重和钢模板的翘曲而引起的钢结构和钢模的偏转度见设计图纸。除设计板厚外还要考虑偏位和翘曲，保证混凝上完工后水平面在要求以内。混凝土施工前、进行中及之后都要监测。当最终的检测发现与水平误差不符，要提供补漏与修缮以满足误差和合同的要求。

用填塞、找平或预先作好木标的方法使面层水平并除去翻浆。如板已凝固使得水和细骨料到不了顶部时，用圆形电动锉刀磨平表面。在磨平过程中不断检查3m范围内板的水平程度。用两道工序抹至光滑。在混凝土变硬后再进行第二道工序，这样灰浆就不会粘在抹子边上，并施加重力使其与混凝土完全结合。使楼板具有一个光滑、坚硬、无缺陷的面层。

内部暴露在外的顶棚、柱和墙的混凝土面，除有其他说明者外，面层要光滑、平整、无表面缺陷。修补、重浇缺损部位。面模一拆除就要仔细除掉飞边和凸起，找平偏移并磨削需要部位。空洞要修补、重浇、粘结和填实直到监理工程师满意。

3.5　技术保证措施

3.5.1　建立健全的混凝土现场浇筑的技术交底制度。

3.5.2　建立有效的原材料、商品混凝土以及成品结构构件的检测验收体系，并保证其随机、有效运作。

3.5.3　承包商应向监理工程师提供的资质证明及技术文件包括（但不限于）：

厂家资质证明书：

提交原材料生产及供应厂家的资质证明文件,承包商应对其资质真伪、诚信度及材料供应的能力和质量负责。

厂家证明其产品质量的文件和资料：

其中包括对所有用于该项目的材料的资料,包括对材料性能的说明,提交材料来源地的质量控制、必要的实验报告及出厂证明文件。

混凝土试块的检测与试验报告。

3.5.4　原材料及混凝土产品的检测与试验

为表明所有材料的适用性，要在监理工程师同意的实验室中按照《混凝土结构设计规范》GBJ50010-2002的要求进行混凝土配合比设计并做初步试验。所有与试验相关的及混凝土配合比设计的费用由承包商负责。材料配合比的预计的或实际的更改均要进行单独设计，每一种配合比都要与使用要求相符。

除为证明材料适用性做的试验外，每一种设计的掺加剂均要做试验来核实设计关于混凝土耐久性能的要求。

初步试验进行时，在实验室应有一名代表，混凝土组成中任一种成分的来源或成分如有变动，都将要求进行附加的"初步试验"，由承包商承担费用。

配比设计、初步试验的步骤和结果须经监理工程师同意的试验部门审核批准。试验模型由该部门提供，并使用与工程相同的型号和制作。

在混凝土搅拌厂和现场，混凝土工程都要经过详细检查和试验。现场检查和实验室取样试验应由监理工程师同意的检测部门进行。

为检测者提供方便并协助其工作。模板和钢筋就位后通知检测人员以利于检测。检测后，在所有检测出的缺陷均修正到检测者满意之前，不得浇筑混凝土。在认可前所浇筑的混凝土可能被要求拆除。

从施工一开始，至少每月一次或当新一批材料装进分批投配设备时，见证实验室均应按照合同要求检查下列各项：

a. 水泥 ;　　b. 骨料 ;　　c. 掺加剂

见证实验室将提供如下要求的模型，所有试验样品应使用相同的型号和制作。如果现场试验发现坍落度过大或其他与合同不符的问题，则该样品所属的那一批混凝土将废除不用，并由承包商自费负责运出现场。见证试验室应检查混凝土在工厂及现场施工的全过程。检查报告应提交给监理工程师，其中包括混凝土各组成部分的质量和数量、拌和及浇筑、模板工程以及施工的一般进程。

如用已拌和好的混凝土，则每一批混凝土到达时均应附带证明，该证明须经见证实验室在工厂和现场审查，并应包括下列内容：

a. 泵送过程的混凝土强度；

b. 粗骨料、轻骨料或石子的型号；

c. 水泥和骨料装进运输车的确切时间。如果混凝土不能在限定的时间内进行浇捣，或混凝土的型号不正确，检测者将不用这一批混凝土，全部由承包商自费负责运出现场。

分批投配设备的检查：从混凝土施工开始到结束，见证实验室至少要按合同要求在工程开始时及每月一次监测以下项目：

a. 投放机的状况。

b. 材料的状况。

c. 检查骨料堆和材料库，如材料中有离析或污染现象要提醒混凝土搅拌厂注意。

d. 所采用材料的种类。

e. 检查运送混凝土的车辆以保证清洁、适于搅拌并能均匀拌和。

f. 搅拌时间、投放时间

g. 其他相关控制：气候情况、施工条件以及其他影响施工的因素。

载荷试验：一旦试验室对结构任一部分的试验结果表明45天的基本强度不能达到要求，设计人和监理工程师可能要求在受损的部位进行载荷试验或其他试验，以测定该部位能否承受设计载荷。这些试验的费用由承包商承担，并应遵守《混凝土结构设计规范》GBJ50010－2002的要求。如果结构或部分结构不能通过载荷试验，承包商应自费负责拆除并运走。

3.5.5　在施工组织设计中编制相应的质量缺陷及质量事故的处理预案。

3.6　质量控制标准

3.6.1　混凝土原材料、商品混凝土及浇筑完成的混凝土结构构件的质量均应符合结构设计图纸及文件的要求。

3.6.2　混凝土原材料、商品混凝土及浇筑完成的混凝土结构构件的质量均应符合相关规范（规程）的要求。

3.6.3　承包方应满足施工及监理工程师等有关各方对混凝土原材料、商品混凝土及浇筑完成的混凝土结构构件的质量要求。

4. 钢筋工程

4.1　总要求

4.1.1　钢筋原材料供应单位应当得到监理工程师的批准。并且，根据设计图纸及有关规范（规程）的要求，承包方应当把所有对钢筋原材料化学构成及限值、钢筋机械与力学性能等的特别要求明确传达给钢筋材料供应商。

4.1.2　依照有关的施工规范（规程）要求，对到场钢筋材料进行试验鉴定后才可以投入施工，且此过程必须得到监理工程师的认可，在结构构件钢筋绑扎完成，混凝土浇筑之前，必须通知监理工程师进行钢筋隐蔽工程验收。

4.1.3　除满足结构设计图纸及相关规范（规程）的要求外，承包方尚应满足施工管理方对钢筋原材料及钢筋施工工艺等方面的特殊要求。

4.1.4　必须使用合法的设计文件，招标文件所附图纸为招标图纸，招标图纸仅供承包人投标之用，不能作为指导工程施工和支付的依据。

4.2　材料及施工准备

4.2.1　材料的技术要求

满足结构设计图纸对钢筋原材料化学及机械力学性能的要求；

主要参照图纸：结构设计总说明——SG–001~004

桩基础设计说明——SG–010

满足有关规范（规程）对钢筋原材料化学及机械力学性能的要求；

主要参考规范（规程）：

GB50010—2002　混凝土结构设计规范

GB1499　钢筋混凝土用热轧带肋钢筋

GB 50202—2002　建筑地基基础工程施工质量验收规范

GB50204—2001　混凝土结构工程施工质量验收规范

4.2.2　编制钢筋工程的施工组织设计方案并报送监理工程师审核，在施工组织设计方案获得监理工程师批准后才可以进行施工。

4.2.3　检查现场质量控制系统是否完备并已准备就绪，相关检测设备是否处于随机可用状态。

4.2.4　按照生产需求配备机械设备并保养至随机可用状态。

4.2.5　对参与钢筋铺放、连接、绑扎等工程施工的各环节、各工种进行技术交底。

4.3　钢筋工程施工

4.3.1　钢筋保护层厚度、锚固长度、搭接长度及接头方法等，当结构设计图纸有明确要求时以结构设计图纸为准，未明确要求时以相关规范（规程）为准。

4.3.2　构件主筋置放、箍筋绑扎的位置、间距等几何要求应在相关精度允许范围内。

4.4　技术保证措施

4.4.1　钢筋原材料的采购、运输进场、到场检验、现场铺放、隐蔽工程验收等环节均应依照相关资料管理的要求作好文字记录。

4.4.2　对机械连接接头，下列情况应进行接头的型式检验：

在确定接头的性能等级时；

对材料、工艺和规格进行改动时；

当质量监督部门提出专门要求时。

4.4.3　工程中应用钢筋机械连接时，应由技术提供单位提供有效的型式检验报告；连接技术应符合结构设计总说明及《钢筋机械连接通用技术规程》的要求。

4.4.4　承包商应向监理工程师提供的资质证明及技术文件包括（但不限于）：

厂家资质证明书：

提交原材料生产及供应厂家的资质证明文件，承包商应对其资质真伪、诚信度及材料供应的能力和质量负责。

厂家证明其产品质量的文件和资料：

其中包括对所有用于该项目的材料的资料，包括对材料性能的说明，必要的实验报告及出厂证明文件。

钢筋材料及接头试验报告。

4.4.5　具有指定位置的钢筋应在上面作好清晰的区分标志，这些标志应与施工图中的有关内容相一致。

4.4.6　在施工组织设计中编制相应的质量缺陷及质量事故的处理预案。

4.5　质量控制标准

4.5.1　应符合结构设计图纸及文件的要求。

4.5.2　应符合相关规范（规程）的要求。

5. 预应力混凝土梁与钢管混凝土柱

5.1　总要求

5.1.1　符合结构设计图纸文件关于预应力混凝土梁及钢管混凝土柱的施工要求。

5.1.2　符合有关规范（规程）的要求：

主要参考规范（规程）：

GB50010–2002　混凝土结构设计规范

GB50204–2001　混凝土结构工程施工质量验收规范

GB/T5224–2003　预应力混凝土用钢绞线

JGJ85–92　预应力筋用锚具、夹具和连接器应用技术规程

CECS 28：90　钢管混凝土结构设计与施工规程

5.1.3　预应力混凝土梁及钢管混凝土柱中非预应力钢筋及现浇混凝土应符合本文件第3、4章的有关要求。

5.2　材料及施工准备

5.2.1　材料的技术要求：

满足结构设计图纸对预应力钢筋原材料化学及机械力学性能的要求；

主要参照图纸：结构设计总说明——SG–001~004

预应力梁施工图

钢管混凝土柱施工图

满足有关规范（规程）对钢筋原材料化学及机械力学性能的要求；

主要参考规范（规程）：

GB50010—2002　　混凝土结构设计规范

CECS 28：90　　钢管混凝土结构设计与施工规程

5.2.2　承包商如果不具备专业的预应力施工资质，则应采用专业分包的形式与有资质的专业预应力施工企业合作，并应签订正式的施工分包合同。施工前，应编制专业施工组织设计方案并报送监理工程师审核，在施工组织设计方案获得监理工程师批准后才可以进行施工。

5.2.3　钢管混凝土柱施工前应检查钢管中预留的钢筋孔缝位置、尺寸是否准确。

5.3　预应力混凝土梁与钢管混凝土柱施工

5.3.1　预应力混凝土梁的施工应符合《混凝土结构工程施工质量验收规范》中第6章"预应力分项工程"的有关要求。

5.3.2　钢管混凝土柱的施工应符合《钢管混凝土结构设计与施工规程》中第7章"施工及质量要求"的有关内容。

5.4　技术保证与质量控制

5.4.1　承包方应将预应力分项工程的施工分包企业资质证明文件报监理工程师，并且在经监理工程师审核确认后才可进场施工。承包方应对其资质真伪、诚信度、材料及施工机具的质量负责。

5.4.2　预应力锚具、夹具和连接器等必须有出厂合格的检验报告并报请监理工程师备案。

5.4.3　施工质量应符合结构设计图纸及文件的要求。

5.4.4　施工质量应符合相关规范（规程）的要求。

6. 水池结构工程

6.1　总要求

6.1.1　应符合结构设计图纸文件关于水池结构材料及施工要求。

6.1.2　应符合有关规范（规程）的要求：

主要参考规范（规程）：

GB50010-2002　　混凝土结构设计规范

GB50204-2001　　混凝土结构工程施工质量验收规范

6.1.3　应符合本文件2.2.1条有关水池结构施工的精度的要求。

6.2　材料及施工准备

6.2.1　材料的技术要求：

浇筑水池所用的混凝土除应符合结构设计总说明中的有关要求及本文件混凝土工程的有关

要求外，拌制混凝土所用的粗骨料粒径不应大于40mm，含泥量按重量计应不超过0.8%，砂子的含泥量及云母含量按重量计不应超过2.5%；

水池混凝土中不得采用氯盐作防冻、早强掺和料，采用外加剂时，应符合GBJ119《混凝土外加剂应用技术规范》。

在各水池区域的底板及侧壁板内钢筋应做防锈、防蚀涂层保护处理，所采用的防护材料及防护施工措施应得到监理工程师及设计代表的认可。

6.2.2　水池池壁的内模板平整度应严格检查并保证表面洁净，模板支撑应采取加强措施。

6.3　水池结构施工

6.3.1　采取有效的施工措施，不宜在底板和水池四壁留设施工后浇带。

6.3.2　合理组织施工顺序，保证水池溢水槽的施工质量及模板拆除。

6.3.3　如泳池为一次性浇筑，承包商应提交"泳池一次性浇筑"方案及程序。在方案被监理工程师书面认可的情况下才可执行。

6.4　技术保证与质量控制

6.4.1　由于水池池底、池壁抗裂抗渗要求很高，所以在浇筑混凝土前应提交专门的施工技术措施，报监理工程师批准后实施。

6.4.2　施工质量应符合结构设计图纸及文件的要求。

6.4.3　施工质量应符合相关规范（规程）的要求。

7. 赛时临时钢结构

7.1　总要求

7.1.1　应符合结构设计图纸文件关于赛时临时钢结构施工的有关要求。

7.1.2　应符合有关规范（规程）的要求：

主要参考规范（规程）：

GB50017-2002　　钢结构设计规范

GB50205-2002　　钢结构工程施工质量验收规范

JGJ81-2002　　建筑钢结构焊接技术规程

CECS 24　　钢结构防火涂料应用技术规程

7.1.3　应符合项目及施工管理方对赛时临时钢结构施工的其他要求。

7.2　材料及施工准备

7.2.1　临时钢结构用材的具体要求见结构设计图纸。

7.2.2　在开始施工临时钢结构之前，应对先期埋置在混凝土结构上的预埋件位置、尺寸逐一核查。

7.2.3　结构堆料及小型施工吊运机械在混凝土结构上的行走路线、轮压等必须事先报结构设计人审核确认。

7.2.4 承包商应自行确保施工开始前，现场的施工状况已达到自己的满意程度，包括交通和存储。工程开始即代表承包商已接受现场施工条件。

7.3 临时钢结构施工

严格按临时钢结构分项工程的施工组织设计进行施工。

7.4 技术保证与质量控制

7.4.1 临时钢结构工程施工单位应具备相应的钢结构工程施工资质，承包方应将企业资质证明文件报监理工程师，并且在经监理工程师审核确认后才可进场施工。承包方应对其资质真伪、诚信度、材料及施工机具的质量负责。

7.4.2 钢结构工程承包商应提交一份包括下列内容的详细的施工方法说明

详细的施工工艺

所有施工的顺序和计划

所用机械和设备清单

吊装和安装所有钢结构工程所需的暂设工程设计。必须保证施工阶段不会引起钢结构和其他结构超荷或破坏。钢结构工程承包商应同时提交暂设工程框架和结构稳定性验算，以保证所有暂设工程的稳定。

钢结构工程承包商应同时提交一份拆除暂设工程的方案。

钢结构工程承包商应聘用一个经建设管理方批准的独立注册的材料试验室。这个材料试验室的职责是在工厂和现场测试、测量所有钢构件以保证它们完全符合技术规程。这个材料试验室直接对业主负责并完全独立于钢结构工程承包商。

钢结构工程承包商的法律和一般责任参见其他招标文件。

钢结构工程承包商应向结构工程师提供完整的焊接方法说明供审核和批准。

7.4.3 钢结构工程承包商应向结构工程师提交一份完整的加工和安装的质量控制措施，主要内容如下：

钢结构工程承包商应成立项目组织并绘制组织机构图，规定以下主要成员的职责：项目经理，合约经理，项目工程师，设计工程师，安全负责人等。

材料可追踪性：所有钢结构材料均应可以从车间追踪到结构中的最终位置。这应包括给每个构件一个自己的编号使得从工厂加工到吊装最终位置整个过程中都能对构件进行追踪。

纠正措施：钢结构工程承包商应建立一套系统用以识别不符合要求的施工和材料。钢结构工程承包商应在进行纠正工作之前向结构工程师提交纠正措施供审核。

存储：钢结构工程承包商应建立一个材料存储系统以保证材料在工厂、运输和施工现场各个过程中不发生损坏现象。

测试：钢结构工程承包商应按有关现行规范采用破损和非破损试验对材料和结构进行测试。质量检验人员应具有焊缝质量检查的资质。

钢结构工程承包商应只聘请合格的焊工进行车间和现场的焊接操作。

钢结构工程承包商应提交的样本包括但不限于：

a)暴露钢构件的焊缝样本；b)防护层；c)受拉连接件焊接材料；d)各种类型,各种规格的螺栓；e)结构或监理工程师要求的其他物品。

钢结构工程承包商应向监理工程师提交所有主要分包商和加工制作商详情供审核认可，这包括但不限于下列方面：

a)钢厂；b)加工制作商；c)吊装分包商；d)材料试验室外的其他实验室

钢结构工程承包商应绘制钢结构工程加工图并提交结构工程师审核和认可。在结构工程师认可相关图纸前，不得开始加工该构件。

图纸上所示尺寸和标高均为最终的尺寸和标高。钢结构工程承包商应在加工构件时为起拱和轴向压缩变形留出余量，使所有钢构件达到最终位置。

所有钢构件均应按有关规范规定的允许误差加工制作。

对节点的设计和细节，钢结构工程承包商应充分考虑减少薄片撕裂效应。

7.4.4 参与临时钢结构施工的各专业工种施工人员应持证上岗，其有效资质证件应报监理工程师审核确认。

7.4.5 施工质量应符合结构设计图纸及文件的要求。

7.4.6 施工质量应符合相关规范（规程）的要求。

8. 其他附属结构工程

8.1 总要求

8.1.1 本工程分项附属结构的内容包含（但不限于）：

结构上置设预埋件工程；

永久及临时记分牌附属结构工程（图纸后续）；

嬉水乐园水池、塔架等结构工程（图纸后续）；

室外车道、室外地下通道等室外地下工程；

护城河、旗座等室外景观结构工程（图纸后续）；

冷却塔及其连带管廊结构工程（图纸后续）；

砌块墙体构造柱、圈梁、拉结带等结构工程；

其他（图纸后续）。

8.1.2 应符合结构设计图纸文件关于各分项附属结构施工的有关要求。

8.1.3 应符合各专项功能构筑物结构施工的有关规范（规程）的要求；

8.1.4 应符合项目及施工管理方对各分项附属结构施工的技术要求。

8.2 材料及施工准备

8.2.1 附属结构所用结构材料的具体要求见结构设计图纸。

8.2.2 在开始各分项附属结构施工之前，应对工程结构施工所要影响的场地地下、地上已存设施情况进行调查，确保不会因为附属结构施工对其造成不利影响。

8.2.3 室外地下工程需要进行开挖（或有边坡护坡）等地基工程作业，承包方应进行相应的机械准备。

8.2.4 护城河等景观结构工程在结构施工前应对地基进行浅层处理（技术要求将在护城河结构图纸中提出），届时承包方应请专业的地基处理公司进行施工配合。

8.3 附属结构工程施工

严格按各附属分项工程的施工组织设计进行施工。

8.4 技术保证与质量控制

8.4.1 分项附属结构工程施工涉及专业资质的，承包方应将分包企业的专项资质证明文件报监理工程师，并且在经监理工程师审核确认后才可进场施工。承包方应对其资质真伪、诚信度、材料及施工机具的质量负责。

8.4.2 施工质量应符合结构设计图纸及文件的要求。

8.4.3 施工质量应符合相关规范（规程）的要求。

5.6 总结与思考——结构设计的未来

20世纪末以来的这十年间，以北京国家大剧院为先导，随着上海金茂大厦、奥运会"鸟巢"、"水立方"和CCTV新楼等一系列现代建筑的建设和相继竣工，这些建筑的结构设计理念对中国结构设计师的设计思维带来了很大的冲击。同时，中国的结构工程师们能够有机会与具有深厚现代建筑结构实践积淀的ARUP等外国同行们进行合作，在合作中交流，在交流中思考。无论如何，这一过程都是对中国"结构设计"专业具有深刻思想变革意义的事件。

笔者因此认为，中国现代建筑结构设计新思维的曙光已经出现，需要业界的各位同仁们再推上一把力，借助我国经济腾飞，建筑结构设计实践机会多的历史机遇，使我们国家一直迟缓前行的结构工程技术的车轮赶上世界先进结构技术的发展潮流，向我国航天界的科技同仁们学习，争取在未来世界上先进的建筑科技领域占有一席之地。

笔者愿意在此抛砖引玉，将自己这几年来的一些片段性的思考提出来，虽然尚未完全形成逻辑，但还是希望可以藉此激发业界同仁们深入思考的热情，进而形成思维变革的合力并付诸设计实践行动。

1. 有关"结构体系"的再认识

"结构体系"是我们在大学学习建筑结构专业课的开篇之概念，比如按材料分有砖石结构、钢结构、钢筋混凝土结构等。钢筋混凝土结构又再细分如框架结构、框剪结构、剪力墙结构、筒体结构等，钢结构又再分为大跨钢结构或高层钢结构，大跨的又再细分为网架的、桁架的、索膜的等，我们学结构的把这样的一些体系观念从教科书和规范上继承下来，并深深地植根在了我们的结构设计知识库中，确定个体建筑工程的"结构体系"从来都是我们做结构设计的第一要务。

2000年初，当我们拿到ADP公司提供的国家大剧院第一版初步设计图纸的时候，一种"不曾见到过"的困惑油然而生：在北京8度抗震设防烈度下，尤其是202区结构平面，依据层间功能要求而进行的多次并自由的有些随意的转换完全不符合我们的"规范"要求，整层的、局部的转换到处都是，这样的结构根本不在我们常规的"结构体系"库中。

当时我们的困惑是：难道法国同行们真的只知道用这种"搭积木"的方式来组织结构的竖向力流吗？当时猜测最可能的原因是——他们在地球上有幸地占据了一块从来没有发生过地震的地方。

很显然，我们要完全按照中国的"结构体系"观念对其进行全面的"结构改造"是不现实的，一来这个法国大师安德鲁先生天生"霸道"，就连中国结构专家们提出的将壳体结构的"片钢截面改为管截面"都被他一口否定掉了（其实，都藏在吊顶里面了，改了对建筑效果也无妨），二来我们确实也想让这样一个结构在中国自主开发的SATWE软件上"过一过"，看看这样一个结构在中国"规范"的各种效应准则的匡束下"作何反应"？

建模的过程非常复杂，负责计算的韩巍先生曾多次到建研院同软件编制人一起工作，有时是调整模型适应软件，有时则是修改软件以适应这样一个复杂模型的建模和分析。几个月过去后，这个复杂的结构模型终于全面地通过了中国规范的"相关要求"。

这个过程之后，笔者自然地就要回过头来思考这样的一个问题：难道真的是根深蒂固的"体系观念"束缚了我们的思维和大脑，使得我们总是在既有模式的体系中"徘徊"，从而使我们丧失了对新结构体系的感知和创造力了吗？

及至后来出现了"鸟巢"、"水立方"、"CCTV新楼"等这样一些在我们看来更叫"异类"的结构之后，笔者对这个问题的思考似乎找到了一些答案：

以前，由于我们的分析手段有限、计算精度有限，为了更方便地把握结构力流的传递规律，只好人为地将结构体系们"割裂"开来，比如对于钢筋混凝土结构中的框架-剪力墙结构，为了满足不断变化的设计实践的需要，2000版规范又补救性地提出了所谓的"具有少量剪力墙的框架结构"和"具有少量框架的剪力墙结构"等等这样一些"变通"的方式，其实，在结构分析技术已经发展到现在的这样一种高度和水平之后，我们已经再也没有必要将本来是一个连续的"结构体系图谱"分色存放。对结构的体系构成方式，我们只须从"材料的、构件的、构件组件的"基本力学性能出发就完全可以解决问题了。

因此笔者认为，在这个"无处不结构"的世界上，真正需要改变的是存在于我们大脑中的既有模式的"结构体系"思维。对我们来说，只是需要把我们曾经定义了的、间断了的"结构体系条块式划分法"连续起来，变为一个"连续的结构体系图谱"。而这种思维改变的结果，将会为建筑师们的建筑创作和结构师们的结构构建方式拓展更广阔的空间，我们也将会由此发现一个全新的"结构体系新世界"。

2. 提出"基于材料组件性能"的设计理念

在结构体系界限被打破以后，接下来要进行的工作就是对结构在各种工况组合荷载作用下的"效应控制标准"进行重新设定。以前我们常常采用的方式是对应各种不同的结构体系来加以区别，现在我们则可以依据特定建筑的性能要求来加以区别确定，这样，也可以使我们更好地体现结构"全面性能化设计"的目标。

再进一步的工作，我们就可以在更广阔的思路下研究"垂直力流"和"水平力流"安全且有效的传递模式。对于"垂直力流"，墙柱直传的方式依然是所有方式中最简捷、最可靠、最经济的方式，但是，对于我们以前定义的"转换层结构"所采取的各种竖向力流转换方式，以及像国家大剧院所频繁采用的"层间排梁转换模式"等亦应加以更深入的研究和拓展。

对于"水平力流"的组织方式，我们可以更充分地放开"手脚"，全面引入"基于材料组件性能"的理念，对既有的和将要被发明的各种"抗侧力组件"（例如，剪力墙、交叉撑、外墙编织柱等等）的抗侧效率进行全面的分析和评定，并允许把它们在同一个个体项目上适当、合理地"混合应用"。如此，必将极大地丰富建筑结构的体系内涵，也将会为建筑师们追求"建筑空间形态"的多样性提供更多的自由。

3. 研究线、面、体的美学构成方式

当ARUP的何伟明博士告诫我们应该如何"把目光放到九点之外，以找到问题答案"的时候（情景见2006年中国建筑设计研究院召开的"首届结构技术交流会"），我想，当时在场的所有中国的工程师们确实对ARUP的结构工程师们在"鸟巢"、在"水立方"、在"CCTV新楼"、在"T3航站楼"上所表现出来的高超的建筑"构面"和"构体"技巧表示钦佩。

事实上，地球上绝大部分的建筑还都是"功能决定形式"的"平面自然生成立面"的东西。但对于某些特定条件下的特定建筑，其结构形象的"创意性设计"将会升级到"惟其这般模样，才可表现价值"的重要程度。此时，结构工程师们的建筑方案配合能力就可能变为"投标胜负"的决定性因素。

在这个充满创意竞争的世界，中国的结构工程师们只有两条路可以选择：要么退出竞争，自甘二流；要么构建能力、迎接挑战。

笔者认为，我们要构建自主创造的能力，还是要从打破"旧有的、拿来主义的思维"开始，把目光再次拉回到"材料能力"的这个起点上，在"材料形成构件、构件形成结构"的追索过程中寻找新的结构形态存在的机会。因此，作者以前讲 "水立方"是可以"复制"的，即是指其"多面体空间钢框架结构"的构成"思维"可以为我们中国的结构工程师们所"复制"，进而指引我们更深入地研究建筑师们提出来的各种"线、面、体"的美学构成需求。而且在笔者看来，我们也用不着担心建筑师们会给我们出多大的难题，让我们担多大的风险，因为建筑师们的想象力再高远也不会超出"拟人、拟物"的思维范畴，依赖现代日新月异并高速发展的结构分析技术，结构工程师们还是应该有这个自信的。

4. 提出"和谐结构"的设计理念

个体建筑的结构设计，常常依赖于其主导结构工程师的个人素质，这种素质不单单是指其技术修养，有时更重要的是要取决于其设计的思维方式。笔者在此提出"和谐结构"的理念，

供列位同行们思考和讨论。

"和谐结构"的内涵主要包含以下两个方面的内容：

⁂　　一个和谐的结构应该是"充分地满足了建筑的功能与美学要求的"结构

笔者之前提到，"结构设计"本身不是一个可以完全独立的专业，甚至可以说它是一个很"被动"的专业。结构设计的出发点向来都是建筑设计，一是为建筑的"存在"寻找一个合理的力流传递机制；另外建筑设计的某些美学表达需求也会依赖"结构"这个载体来实现。因此，结构工程师们虽然有时可以通过普及和传播结构科学的原则和规律来影响建筑师们的一些建筑创作思维，但是，结构工程师终究还是不能完全主导建筑师们的建筑创作，相反，捕捉建筑师们对建筑表现的期求和愿望，同他们一起实现个体建筑设计的目标，这是一个优秀的结构工程师所必需要具备的能力。

⁂　　一个和谐的结构应该是"在其设计生存年限内可能遭遇的各种作用下，其实际效应恰当地满足了我们事先所设定之性能的"结构

以地球史来讲，建筑不过是地球上人类生存遗迹的一部分，从人类史来讲，个体建筑也只是人类历史长河中的一个"有限存在"。比如我们讲的抗震设防水准之一的"大震不倒"，其物理意义是：在由此上溯到西魏以来，该城市（或场地）所遭受的最大地震作用下，建筑物可以"不倒"，规范同时还规定了各类结构在罕遇地震作用下的"不倒"标准。

因此，结构设计首先要设定"结构设计之目标"，然后大家共同来遵守。现在有一种不好的倾向，一些结构设计师常常制造出一些新名词、新概念，进而随意来解读或突破大家公认的、以结构和谐适度为原则的效应控制标准（刚度的、强度的、舒适性的），从而做成了一些"不够和谐"的结构，对此，也应当引起我们充分的注意。

日本著名结构学家斋藤公男在其著作《结构设计的目标》中告诫我们：

与建筑设计一样，结构设计也是有个性和创造性的工作。想创造"新形式"的欲望（好奇心）与勇气相当重要。但是必须洞察新的（深信不疑）东西所带来的因未知而存在的危险性及其分析结果的恰当性。适当地控制由于电子计算机的发达所带来的更加加速的危险倾向，最终再加上对原理、本质、自然及历史的理解，结构设计之路才能找到正确的方向。

5. 开展"结构学"的研究，构建新的"建筑科研和设计"系统

笔者提出在我们国家尽快开展有关"结构学"的研究，是基于对"技术思维方式"决定"技术发展速度"的深刻认识的基础上的。我们仔细观察就会发现，欧美，包括日本的结构工程师中孕育了一些可以称为"结构学家"的人，他们在研究具体的结构工程设计方法的同时，也在研究"结构技术"本身的发展规律。这些人中包括富勒（著有《巴克明斯特·富勒的动态的最大限度的拉力世界》）、E·特罗哈（著有《Philosophy of Structures》）、木村俊彦（著

有《所谓结构设计》）、斋藤公男（著有《空间结构的发展与展望》）等等，这些"结构学家"所宣示的一些重要的"结构设计思想"恰是代表了这个国家对世界结构技术发展的贡献。

我国的"结构学"研究和发展之所以至今还停留在较低的水平，完全是由于社会经济与建筑设计发展的历史原因所造成的。我国结构工程的研究和设计的组织系统虽然在共和国成立之后逐步地建立和完善起来了，但由于建筑实践活动受经济发展水平的限制，因此，时至今日，我国还不具有形成和产生现代建筑结构独立思想体系的物质基础。

同时，在我国的建筑结构技术研究和设计系统两者之间的关系上也还存在着一些问题，这些问题造成了建筑技术研究单位多以经费支持的"模型类"研究为主，由于经费缺乏，往往在样本不足的个别试验的基础上主导编制全国性规范，建筑设计单位在这个过程中也没有太多的"话语权"，设计师们对于一版又一版的国字号规范只能是处于"理解的要执行、不理解的也要执行"的被动地位。

近年来，由于经济利益上的原因也出现了相反的情况，研究单位现在又开始和设计单位"争饭碗"、"抢项目"，这样一来，他们花在研究方面的精力和投入就更加不足，所主导编制的规范从技术精度上讲就愈发地显得"粗糙"。这种局面，一方面会造成国家资源的浪费或者产生安全性的问题，另一方面也影响了我国在建筑研究和设计领域里的国际地位。

要改变这样一种现状，笔者认为有必要对现有的建筑研究和设计系统重新进行全面的、立足长远的"设计"，力争尽快形成一个健全而有效率的新型的"建筑科研设计系统"。这对我们国家未来建筑科技的发展非常重要。

06

2008北京奥运会曲棍球、射箭及沙滩排球赛场工程

6.1 工程概况

该系列奥运赛场工程开始设计时间为2005年5月，建成时间为2007年8月。

2008北京奥运会曲棍球赛场及射箭赛场项目位于北京奥林匹克体育中心北区森林公园内，沙滩排球赛场项目位于北京市朝阳区朝阳公园内。根据08工程主管部门的要求，这几个赛场建筑均按临时建筑进行设计，奥运会比赛后将予以拆除。

曲棍球场区建筑群由A场、B场及数栋单层简易建筑组成。A场建筑面积为9529m^2，观众规模为12000人座，观众看台最高处为17.8m，看台设有单侧罩棚，罩棚顶面标高为23.5m；B场建筑面积1545m^2，观众规模为5000人座，观众看台最高处为9.7m，单层简易建筑总面积为4386m^2，屋面标高为3.6m。

图6-1 北京奥体森林公园08奥运会建筑群（效果图）
（图中由南向北依次为：曲棍球赛场、射箭赛场及森林公园网球中心）

　　射箭赛场区建筑群由决赛场、淘汰赛场、排位/热身赛场及数栋单层简易建筑组成，赛场看台观众规模约为4650座，观众看台最高处约为10m，单层简易服务性建筑总面积为5823m^2，屋面标高为3.6m。

图6-2　2008北京奥运会曲棍球赛场（效果图）

图6-3　曲棍球赛场竣工后的测试赛

奥运沙滩排球赛场区建筑群由主比赛场、热身与训练场以及在既有建筑内布置的赛事功能用房组成。主比赛场看台投影面积为8178m²，容纳观众规模为12000人座，比赛场观众看台最高处为15.25m，看台设有单侧钢结构罩棚，罩棚顶面标高约为20m；　1#热身场设有临时座席

图6-4　2008北京奥运会射箭赛场（效果图）

图6-5　2008北京奥运会沙滩排球赛场（效果图）

200人座；在既有的三栋房屋内布置的赛事简易用房面积约为8100m²，有效使用最大层高约为5m。

为满足赛后便于拆除和材料可再利用的要求，减少对环境的污染，赛场临时观众看台结构采用轻钢框架+钢管架结构形式，单层简易建筑采用轻钢框架结构.

6.2 结构设计

6.2.1 结构设计标准

结构设计采用2000系列规范，基本设计标准及参数如下：

结构设计使用年限：	5年
结构设计基准期：	50年
结构抗震设防烈度：	7度（此标准为08奥运工程建设管理部门的文件规定）
结构抗震设防类别：	丙类（此标准为08奥运工程建设管理部门的文件规定）
基本风压：	0.30kN/m²（北京地区10年一遇）
基本雪压：	0.25kN/m²（北京地区10年一遇）
温度作用：	结构合拢计算温度假定为15℃，计算升温+25℃，计算降温−30℃
看台结构振动控制：	三个平动方向的主自振频率不小于3.5Hz
观众看台活荷载取值：	3.5kN/m²

结构基本用材如下：

基础垫层用素混凝土：	C10
独立基础用混凝土：	C20
现浇结构用钢筋：	HPB235及HRB335
结构用钢材：	Q235B及Q345B

6.2.2 基础结构设计

曲棍球及射箭场基础形式采用钢柱下（或钢管下）独立基础，依据勘察报告，场区大部分采用天然地基，当持力层埋藏较深时，为日后拆除施工清理基础考虑，局部采用经夯实水泥土桩处理的复合地基，地基承载力特征值为120kPa。

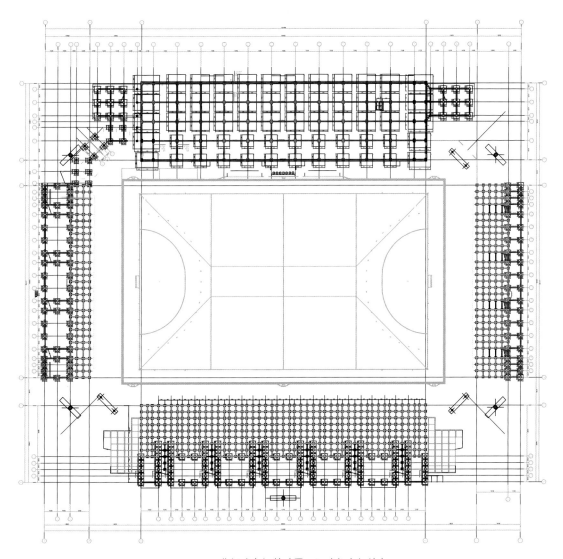

图6-6   曲棍球赛场基础平面图（杨宇红绘）

曲棍球、射箭赛场基础结构设计说明：

考虑施工方便，并结合经济及赛后易于拆除等因素，经与地基勘察单位协商，确定一般脚手钢管架结构基础底面按考虑冻土深度的最小埋深（±0.00下约1.0m），基底与持力层间采用夯实水泥土桩法进行复合地基浅层处理，依据区域不同确定地基承载力标准值处理目标为120kPa~140kPa（地勘单位细化相关的处理参数及地基处理标准）。轻钢框架结构的地基持力层及承载力按勘察报告的建议采用。

基础形式采用钢柱下（或钢管下）独立基础，施工方可结合设计要求及现场施工条件选择现场浇筑或者预制成型–吊运就位的方式。

沙滩排球场区主比赛场的基础形式采用钢柱下（或钢管下）独立基础，地基采用经CFG桩处理后的复合地基，CFG桩采用ϕ500桩径，依据勘察报告要求的持力层计算所得的地基承载力特征值为120kPa，沙滩排球比赛场地及热身与训练场的地基基层处理采用浅层碾压处理，藉以改善浅层天然土层的不均匀沉降性能。

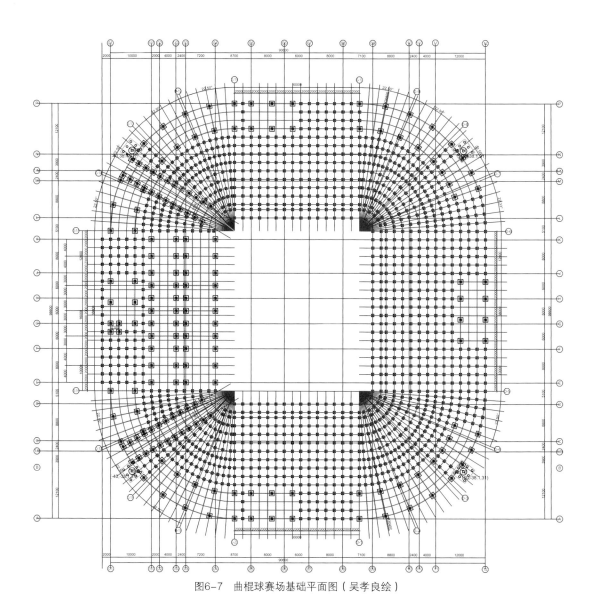

图6-7　曲棍球赛场基础平面图（吴孝良绘）

6.2.3　钢管架结构设计

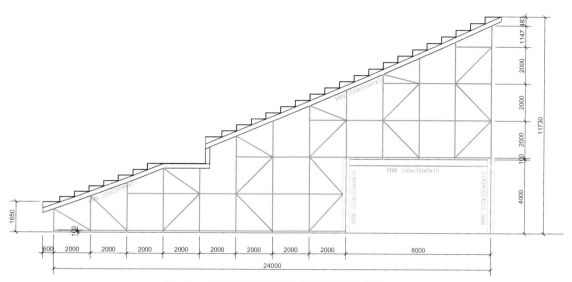

图6-8　曲棍球赛场管架结构典型剖面（林欣绘）

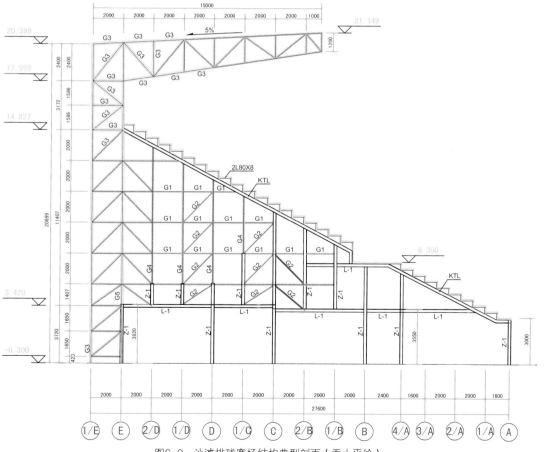

图6-9　沙滩排球赛场结构典型剖面（乔小平绘）

钢管架结构设计说明：

　　轻钢框架结构梁、柱连接节点按刚接考虑，与基础的连接除曲棍球A场西看台按刚接处理外其余均按铰接处理。钢管架组合结构立杆贯通，立杆与基础按铰接处理，横杆及斜支撑杆与立杆的连接亦按铰接处理。

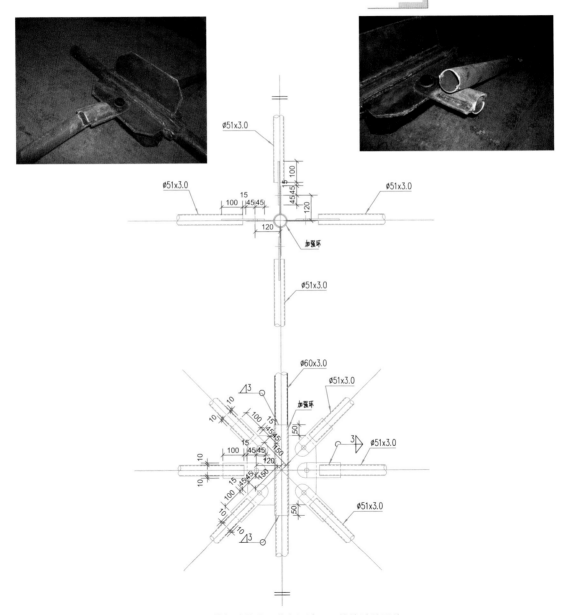

图6-10　管架结构典型节点设计图及拉拔试验照片

图6-11　曲棍球管架结构施工中

图6-12　曲棍球管架结构节点

图6-13 沙滩排球赛场管架结构施工中

6.3 总结与思考——也谈结构设计的话语权

在作者负责主持这几个奥运会临时赛场结构的设计过程中，"结构设计的话语权"问题自始至终地困扰着我。并由此进一步思考诸如：结构工程师同建筑设计师如何才能进行"和谐的合作"？结构工程师在项目建设体系的诸多角色中怎样才能找到自己合适的位置？结构工程师可以完全依据单纯的技术原则来进行设计吗？等等的这样一些问题。

建筑设计专业分工体系发展到今天，"结构工程师"实际上已经成为了一个不能单独存在的职业。那么，我们究竟应该怎样看待结构工程师和建筑设计师之间的关系呢？《结构与建筑》一书的作者英国人安格斯·J·麦克唐纳对此有如下阐述：

目前建筑师与结构工程师之间有三种关系。在众多的现代建筑物中，占有统治地位的建筑师与结构工程师之间的关系是意大利文艺复兴时期就已经建立的那种关系，即建筑师决定建筑物的形式和它的视觉概念，结构工程师主要作为技术人员，保证建筑物在技术上不出问题。这种建筑师与结构工程师之间的关系主导着现代主义建筑包括后现代主义建筑和结构主义建筑的所有建筑风格。

另一种关系是建筑师和结构工程师属于同一个人，20世纪以后几位杰出人物均属于这一类，其中包括20世纪初的奥古斯特·佩雷和罗伯特·马亚尔，20世纪中期的皮尔·路易吉·奈尔维、爱德华多·托罗哈、欧文·威廉斯和费利克斯·坎德拉以及20世纪末的圣地亚哥·卡拉特拉瓦。所有这些建筑师兼结构工程师都设计出了属于结构作为建筑、结构产生建筑形式或经过装饰的结构范畴的建筑物。他们最值得纪念的建筑物是用活性模式穹顶或抗拉结构语言表达的大跨度外壳建筑物。其美学概念是比较简单的——将建筑物作为一种技术作品加以欣赏。

建筑师与结构工程师之间的第三种关系，即真正的协作伙伴关系，在20世纪末重新出现。这意味着结构工程师和建筑师在建筑物的整个设计过程中充分合作，这是自从他们同时创造了中世纪哥特式大教堂以来没有出现过的一种方式，今天的设计工作者采用一种真正协作的方式和计算机辅助设计的现代技术手段进行设计，高技派的最佳建筑物已经采用了这种设计方式。

理解了建筑师与结构工程师之间的这样几种关系，可以使我们在个体项目设计团队中更好地找到自己的位置并发挥作用。就中国的客观现实说来，量大面广地存在着的还是第一种关系；"把建筑做成结构，把结构做成建筑"的第二种关系对建筑师的个人素质要求较高，在我国还是很难实现的。

倒是文中述及的第三种关系，需要我们的结构工程师们作为一个群体，向建筑师们进行这种设计方式所具有的"优越性"的教育。可以看到，像"鸟巢"、"水立方"、"CCTV新楼"等这样一些中国在建的所谓"高技派"的建筑，只有通过这样一种方式才可能产生出来。

在项目的设计团队之外，结构工程师们还将要同项目建设体系中的各种角色打交道。比如同业主、项目管理公司、施工方以及监理等等，像08奥运场馆建设工程这一类的特殊工程，还要和代表政府职能的2008工程建设指挥部和奥组委等部门打交道。

作者的经验：同任何部门打交道、做任何的技术决策，对项目的结构设计从技术原则到构造细节的清晰的了解都是第一位重要的事情。结构设计工程师应该是一个既需要随时变通、又要知道自己的底线在哪里的人。

结构设计作为一门应用技术，它是没有"唯一解"的。因此，在很多时候，我们都要综合各种因素随时做出一些变通的选择。同时，结构设计工程师又是个体项目中对结构设计相关原则和细节信息掌握最多的人，因此，他也将是最有能力给出个体项目结构设计相关问题正确答案的人。

所以，当开发商给结构设计工程师限定了"每平方米用钢量"的时候，无非是希望在保证安全的条件下按最经济的原则去设计结构，这本身就是结构设计的出发点。但是我们一定要记住：结构工程师永远不要通过牺牲公众和使用者安全利益的方式来满足这些限控指标。

当然，也还存在着一种相反的情形，比如像奥运工程这样的政策性项目，由于其建设和管理的决策者对建筑政治重要性的认识视角比我们设计师更高，也有可能提出一些高于现行规范设计标准的要求（比如临时建筑的抗震设防要求等），或者可能在设计过程中注入一些高于规范限定的某一方面性能的要求。结构设计师在这个时候如果仅仅依据单纯的技术原则进行设计也是不可取的。

从广泛意义上讲，特定用户对个体项目的性能设计目标的注入同规范原则的限制一样，也应该将其视为个体项目结构设计合法的边界条件。

结语 纵论当代结构

由奥运建筑说开去——结构师观点

历史将证明，以"鸟巢"、"水立方"为代表的2008北京奥运会场馆建设工程是新世纪中国建筑业发展的一个里程碑。她们也将会立于"当代中国建筑设计新思维"之引路者的高度上。

在这次东西方建筑文化和理念的交锋与融合的过程中，中国的建筑师、工程师们一开始完全是处于被动的地位上的。由于历史上的原因，中国近代建筑理论和建筑实践的发展并没有为在短时间内集中建设一批具有国际水准的、适应现代奥林匹克运动竞技需要的场馆作好准备。同时，国力的发展与中国百年奥运梦想变为现实的激动与热情结合在一起，使得我们的政府、我们的老百姓，包括我们这些建筑师和工程师们都对这一批建筑的"标志性"与"示范性"充满着强烈的期待。

因此，奥运工程建设的政府决策部门选择了一种现在看来也是相当正确的方式，那就是敞开我们的胸怀，按20世纪末国家大剧院项目的方案选择"模式"，进行奥运会主要场馆设计方案的全球性的投标竞赛……

于是，"鸟巢"、"水立方"们诞生了。

也因此，我们这些参加奥运工程设计的中国的建筑师和结构师们，就得到了可以与外国建筑设计业的同仁们进行近距离的交流与合作的机会，并从中体会和寻迹传说中的"当代世界现代派建筑创作思维"的"实质"究竟是什么。

在作者看来，这个过程非常必要而且必不可少，之所以这么说，是因为我们看到了以奥雅纳为代表的所谓西方先进的结构技术配合赫尔佐格-德梅隆及库哈斯们这些西方建筑界的"列强们"，在我们的土地上、在我们的重要项目上到处"攻城掠地"、"标碑立旗"，这绝对不是偶然的。

几年以来，我们满眼见到的、满耳听到的大多是我们的建筑师和工程师们对项目建设管理的决策部门、对项目的业主们"唯洋人马首是瞻"的指责声音，抱怨"不公平"，抱怨在"选择"的过程中让我们自己本土的建筑师们受到了"歧视"。

事实真的是这样吗？在我们所处的这个已经"变平了"，并将变得"越来越平"的世界上，在我们这些人所从事的"画房子"的这个行业中，"公平的法则"究竟是什么呢？

　　作者认为：从19世纪末算来（以铁器和混凝土为主要的建筑结构用材算起），西方现代建筑的设计实践已经有一百多年的历史了。在这期间，他们所纵向积累和传承下来的对现代建筑本源和哲学的认知（即指建筑师们常挂于口头的所谓 "建筑理论"）是这些洋大师们比较于改革开放刚刚二十多年的中国本土的建筑师们最大的优势所在。对此如果没有清醒的认识，我们就不能准确地认知自己，同时也就无法摆正 "先学习、吸收，后发展、超越" 的这种进取性的心态。

　　让我们先来看一看几位大师级的人物是在何种 "哲学层面" 的高度上认知我们这个职业的：

　　"建筑就是一种冒险行为，建筑师就是在艺术与科学之间的狭缝中穿行的开拓者。在这颗极小的行星中，只有设计才是隐藏着极大冒险可能性的行为。对于居住在已发现了一切的这个物质世界的我们来说，所剩下的只有思考的冒险。然而带来不安、困惑与恐怖的这种冒险行为可以与将远航去往冰雪封闭之地的冒险行为相比。"

R·皮亚诺

　　建筑的进步及其未来不是存在于建筑界所展开的专业领域里，而是存在于围绕建筑的相关领域的尖端技术里，在那里可以发现其发展的可能性。只有不断地与其他领域积极合作，将尖端应用于建筑之中，在其结果所产生的功能与美这个全新结合的世界里才有建筑的未来。

N·福斯特

　　随着技术的不断发展，形式主义在各个领域恣意泛滥。技术使所有的东西都成为可能，即使是再不合理的建筑也可建造出来。由于技术上的不可行性而进行设计修正的情况现在几乎已经不存在了。在这种渐变的过程中追求时尚之风开始盛行

K·基格尔《现代建筑的结构与表现》

　　"我认为从错综复杂、多种多样的古典建筑到现代建筑，无论其规模大小，'建筑与其他的工业不同，它不是一般的生产行为，而是物质与经济的消费行为'。建筑所产生的不是物质而是空间。建筑物被建成以后，它的存在前后的内外空间发生了质的变化。可以认为这种质的变化的差正是建筑所要产生的对象。在这种差中，当然要有效率上的、功能上的和文化上的作用。同时居住性和环境上的内外两方面的美的表现是绝对不可缺少的主题。但是与功能效率相比，用什么作为评价美的标准呢？——最终我们可以简单地总结为美，时而非常强烈、时而非常温柔地作用在我们的心中。美是使人们的内心产生力量、动力与恬静感的能量的一种称呼。"

木村俊彦《何为结构设计》

　　李瑞环同志说： "人类的知识有两个特点：从纵向讲是知识的延续性；从横向讲是知识的借鉴性。人类社会知识的发展，纵向靠继承，横向靠借鉴"；他还说： "要敢于承认差距。只要承认不行，就是行的开始；只要承认低了，就要开始高了"。

因此作者认为，如果没有这样一个中外合作设计的过程，我们也就没有机会通过近距离的观察来体验这些承袭了西方现代建筑思维的国外设计师们是如何考虑和处理"功能与美"的问题的，这个过程本身就是非常有价值的。

北京新建筑结构——作者一家评

1. "鸟巢"结构

2003年12月24日，国家体育场（鸟巢）结构和国家游泳中心（水立方）工程在同一天开工建设。

"鸟巢"结构虽然复杂，但其也是沿袭了传统的体育建筑结构基本的构成方式——即观众看台及其下部功能房间采用钢筋混凝土结构，屋面及其围护造型结构采用"基于自然界鸟类筑巢编织模式"的钢骨架结构。基础采用的是深钻孔、大直径的钢筋混凝土灌注桩基础。

笔者同大家一样，也非常地关注这样一个结构。笔者四年来一直负责"水立方"的结构施工的现场设计配合工作，由于其与"水立方"的建设工地相邻，所以，可以说笔者是"看着鸟巢成长起来的"。

对于"鸟巢"这样一个结构，在建筑师的设计理念与结构的可实施之间，相信我们的结构工程师同仁们付出了巨大的努力，同"水立方"一样，一定也会是经历了很多很多次的"专家论证会"，尤其是在一些重大的结构技术决策方面，更是集中了众多中外专家和设计师们的智慧。

比如，在钢骨架结构和内部的钢筋混凝土结构之间的关系上，在"靠"与"离"的决策

图J-1 国家体育场（鸟巢）混凝土结构施工中

图J-2　国家体育场（鸟巢）钢结构施工中

图J-3　国家体育场（鸟巢）次钢结构施工中

中。结构设计主导者最终选择了目前的这种独立抗侧的方式。至今，人们对此还是存在着一些不同的看法。辩证地看，"靠"在一起的联合抗侧系统具有较高的结构抗侧效率，但会产生"温变协调"和"震时位移协调"设计等一系列问题；独立抗侧方式在材料用量和结构成本方面可能就意味着较大的投入，但可以使结构力流的组织变得相对简洁、可靠。

再比如，像"鸟巢"、"CCTV新楼"这样的所谓"重钢建筑结构"，其主体钢结构卸载过程中的"支座加载位移"（由桩加载引起的轴向变形和承台加载引起的弹性变形叠加产生）以及支座系统徐变位移是否考虑？如何考虑？这样的一些问题，都是以往我们设计的常规结构不曾遇到的新问题。需要我们认真对待并加以分析。

图J-4 国家体育场（鸟巢）竣工后的照片

2. 国家体育馆结构

根据媒体和论文资料，国家体育馆工程的结构设计主要有两个"亮点"：一是屋面采用的"大跨双向张弦桁架结构"，二是基础采用的"废钢渣配重抗浮"技术。

"张弦桁架结构"是一种良好的具有较高结构效率的结构，在世界建筑结构上的采用也已经有一些年的历史了。其基本原理是利用高强度的下部钢索受拉、上部桁架受压，这样组合而形成的结构具有承载力大、用钢量较小、结构稳定性较好、空间较为美观等特点。这一结构形式也因此正越来越多地被设计师们在大跨空间结构工程中采用。

关于"抗浮设计"，国家大剧院、水立方和国家体育馆这几个建筑都具有一个共同的特点：由于建筑地下室标高较深（大剧院-22m，水立方-12m，国家体育馆-8.0m），勘察单位提

图J-5　国家体育馆混凝土结构施工中

图J-6　国家体育馆双向张弦桁架结构屋顶施工中

供的抗浮设防水位又都较高（大剧院–6.75m，水立方–1.90m，国家体育馆–1.0m），加之上部结构的高度低、重量轻，因此结构的抗浮设计就成为基础设计的一个重要问题。

在解决这个问题的方式上，水立方采用了抗拔桩抗浮的思路（综合造价约为39.35元/吨浮力），国家大剧院和国家体育馆均采用了"配重抗浮"的思路。国家大剧院结合下部机电管线的路由布置，在201区基础中设置了一个4m高的机电管线及结构抗浮配重功能层；国家体育馆利用首钢炼钢过程中产生的废钢渣作为抗浮配重材料，填料平均厚度2m，最厚处为4.1m，回填面积约1.55万平方米。

图J-7　国家体育馆竣工后外景照片

图J-8　国家体育馆竣工后内景照片

3. 五棵松篮球馆结构

五棵松篮球馆项目经历了一个很"曲折"的设计过程，早期中标的篮球比赛场地与上部商业设施叠合式功能设计的方案在"瘦身"过程中被弃用，修改后的方案变为一个纯粹的篮球比赛馆，上部商业设施在篮球馆周边的场区内择地另建。这一改动大大降低了工程造价，同时，也避免了采用早期方案中的底部大空间、上部双向组合中空桁架的复杂悬挂结构。建筑方案的修改也使得结构的处理变得相对简洁和可靠。

这一变化过程也给我们结构工程师们带来了更多的、技术之外的启示，那就是：任何一项建筑工程的结构设计，结构工程师们都不应该以追求高难度的所谓"全国首创、世界第一"为

图J-9　五棵松篮球馆椅下结构留设的送风孔

图J-10　五棵松篮球馆外装修施工中

目标。结构设计的根本出发点，在任何时候都应该是力求用最合理、最简洁、最经济的方式满足个体建筑特定的功能与美学需求。

图J-11　五棵松篮球馆竣工后照片

4. 天津奥体中心体育场

　　天津奥体中心体育场是北京2008奥运会的一个重要的京外辅助赛场，其设计容纳观众的规模为6万人座，承担着北京奥运会足球预赛等重要比赛项目。在奥运工程建设中，它是较早开

图J-12　天津奥体中心体育场结构施工中

工并较早竣工的一个体育场，体育场的方案设计为日本的佐藤综合计画公司，总投资约14.8亿元人民币。

该体育场结构设计的一个主要特点是整个看台结构作为一个结构单元，看台混凝土结构没有留设温度伸缩缝。为此采取的特别措施主要有：

1．看台面结构采用双结构层做法，底层为全防水的现浇梁板结构；

2．看台层结构框架采用全钢骨混凝土梁，用以抵抗温度变化产生的伸缩作用；

3．采用预制混凝土看台板，既作为下层结构的遮蔽层，其自身体系也具有良好的适应温度变化的调整能力。

图J-13　天津奥体中心体育场使用的预制观众看台板

图J-14　竣工后的天津奥体中心体育场

此外，为了满足建筑设计的"水滴"造型设想，钢结构罩棚的构形设计也是本工程结构设计的一个突出的特点。

5. 中央电视台（CCTV）新办公楼

很长时间以来，央视新办公楼建筑以其超传统的扭曲连体造型形象，成为公众和我们这些职业建筑设计从业者的评论对象，大家或褒或贬、或爱或恨，这些都表明它确实是一个"特别的、值得人们去评价的"建筑。

从结构师的角度评论，以12万吨用钢量的高结构建设成本，无论如何，它都不能被称之为是一个经济的、合理的结构。换句话说，在北京这样一个高烈度设防区建造这样一种体型的结构，实际上也是无法做到既"经济"又"合理"的。

从下图可以看到，为了实现库哈斯们的"设计理念"，我们的结构设计同行们（ARUP+华东院）一定也是付出了很大努力，为了抵抗水平并计及扭转偶联的地震作用，除了内部核心筒外，用于周边抗侧抗扭的交叉钢撑已经遍布了结构的表面。

同时，据有关论文资料，为了能够让这样一个体型结构的重力与自然作用（风、震等）的力流可靠地"回归地心"，结构设计师们在该建筑的基础结构上也是耗费了相当大的"代价"，作为桩基承台的底板厚度已经达到了惊人的10.90米。

作者在文章"建筑的表达需求与结构设计安全"一文中，辩证地论述了建筑表达与结构成本之间的关系（读者可在"百度"中搜索此文）。CCTV新办公楼的"形象价值"是否能够证明我们在结构上投入的成本是"值得的"，这需要多年以后我们再来作评说。

图J-15 CCTV新办公楼主体钢结构施工中

图J-16 CCTV新办公楼幕墙结构施工中

结构设计需要"技术哲学"——理论和实践的再思考

客观来说：无论是从设计理论上，还是从设计实践上，我国"建筑结构"学科的发展史主要是靠"横向借鉴"走到今天的。解放前，上海外滩上的几栋"西洋建筑"均出自洋人之手，解放后，很长一段时间内（以成系统的《74规范》为标志），我们也都是以前苏联的结构设计理论体系为基础，开展我们国家的建筑结构科研和建筑结构设计工作的。而且在改革开放以前，由于长时期的国力不振，导致作为结构设计理论基础的设计实践经验和积淀都不足，从而也在很大程度上制约了结构设计理论的发展。

改革开放以来，人们思想的解放成为社会变革的原动力，建筑结构学科理论的发展也才真正地走上了一条正确的轨道。依托较大的科研投入和更多建筑形式、更多结构体系的设计实践，以89系列规范、2000系列规范为标志，中国的建筑结构设计理论才算渐成体系，中国结构技术学科的发展也逐渐地赶上了世界先进国家的发展步伐。

但是，建筑科学是自然科学领域中的一个分支，它不像数学、物理学等学科那样对特定的问题有特定的解，而是随着人类以改造自然或满足需求为目标的建筑实践活动不断积累才发展起来的一门应用学科。作为结构设计从业者，对我们可能毕生要从事的这门学科本质的认识非常重要。

笔者认为，我国建筑结构的理论建设还有相当长的路要走。由于缺乏系统的"科研设计"，使得我国建筑规范条文中很大的一部分是"泊来折中我用品"。即便是具备自主知识产权的一些条文也大多来自个体试验结论或者个体结构实践经验。这一方面表明我们国家在科研体系建设方面所作的资源整合协调工作不足，同时也和我们一些从业者对待这门学科的态度有关。

我们应该充分地认识到，一方面，规范性安全设计是保障个体结构设计安全的前提，另一方面，规范性浪费又是最大的浪费。从这个意义上讲，规范原则已经成为影响学科发展的首要的因素。

面对着"一版比一版厚，一版比一版全"的设计规范，很多从业者都在思考：我们所从事的这个叫做"结构设计"的专业，哪些设计是需要"规范"的行为？哪些设计是需要留给工程师们进行"自主思维"的行为？为什么"奥雅纳们"可以在很多时候突破我们的"规范"，只需要"性能化"地分析一下，然后再"超限审查"一遭（鲜有不过的，而且大部分都是中国人帮助做的），就可以做出"鸟巢"、"CCTV新楼"、"西塔"们来？

这些问题已经不可回避地摆在了我们的面前，中国的结构工程师们可能也都在期待着一个"说法"。

李瑞环同志说："理论只有根据实践，不断地进行纠正、补充和概括，才能正确地反映实践并指导实践。如果把理论当作包医百病的灵丹妙药，万古不变的僵死教条，据此去剪裁、判定生活，只能是束缚实践，把生活拉向后退，把理论搞死。"

"结构设计"这个专业在中国发展到今天，需要我们这些专业工作者把眼光从技术视角上提升到结构设计哲学的层面上，做更深入的思考。日本的结构科学发展之所以在国际上能够占有一席之地，并且常常能够产生一些创新的结构形式，笔者认为，就在于他们之中有像坪井善胜、川口卫、斋藤公男等这样一批具有哲学思想的结构设计师们。

握紧引力的缰绳后去创新——写给同行们

"结构设计"这个行当从建筑设计中分离出来以后，工程技术设计中的这一部分工作就成为了一个既担负着很大风险又背负着很大责任的职业，尤其是我国推行职业注册工程师制度以来，有关个体工程的结构设计要"终生负责制"的规定，使我们身上的压力和责任更大了。

美国人威尔逊（著有《结构静力与动力分析》）对结构工程设计责任做了如下的描述：
结构工程是这样的一种艺术：
使用材料——这些材料属性只能估算
建立真实的结构——这些真实的结构只能近似分析
承受外力——这些力不能准确得知

以满足我们对公众安全职责的要求。

随着国家大剧院、奥运系列工程等一系列"新形象"建筑的出现，以它们作为"典范"的建筑师们的设计思想将更加开放，建筑设计手法将更加多元化。因此，结构工程师们如何在结构设计安全与建筑师们的浪漫思维之间寻找到一个"经济合理"的平衡点。而且，在这种氛围下，我们所从事的这一职业较之以往可能将变得更具有"风险性"。

因此，作者最后强调两个方面：

一方面，人类永远是生活在地心引力所控制的世界上的"地球进化前端的动物"（航天员除外），所以结构工程师们一定要握住地球引力的这根缰绳，在建筑的结构设计工作中，从我们已经认知的基本力学原理出发去抗衡重力与自然衍生作用的挑战，这是我们结构工程师毕生的责任。因此需要我们：

在任何时候都要遵循自然法则和基本力学准则的约束

另一方面，建筑结构技术的发展史，在人类的生存史和人类科学技术发展史的坐标轴上，也不过才只有短短几百年的时间，尚有许多未知的技术、未知的材料、未知的规律等待我们去发现、去认知。所以也还需要我们：

在任何时候都不要停下创新的脚步

作者主要工程设计一览表

项次	工程名称	工程规模	完成时间	所负责任	所获奖项
1	花家地小区北一区商业楼II段（88-223—C3）	5000M	1990	设计人	无
2	花家地小区北二区三十班中学[88-223（中）]	9000M	1990	设计人	无
3	八里庄小区三组八号楼（原89-028-4）	2000M	1991.11	专业负责人	无
4	吉林雾淞宾馆	14000M	1992.09	设计人	获部、市、院优秀工程一等奖；院优秀设计一等奖
5	京北大世界(92-086)	30000M	1992.12	专业负责人	获院优秀工程三等奖；院优秀设计三等奖
6	深圳奥林巴斯工厂	20000M	1993.04	设计人	获院优秀工程二等奖
7	大连日本电产工厂新建工程	30000M	1993.10	专业负责人	无
8	住总二开发住宅配套工程（92-161-戊）	3000M	1993.12	专业负责人	无
9	航天部711医院门诊楼	8000M	1994.10	专业负责人	院94年度优秀设计三等奖
10	南磨房小区十八班中学（92-161-戊7）	5000M	1994.12	专业负责人	无
11	京港大厦初设	27000M	1995.06	专业负责人	无
12	多哥共和国洛美三万人座体育场（91-M02）	30000M，30000人座	1996.12	专业负责人	获院96年度优秀设计二等奖,院2001年度优秀工程二等奖
13	东方广场西回迁楼	50000M	1997.07	设计人	无
14	马里共和国3．26体育场（96-M07）	30000M，50000人座	1997.12	主要设计人	获院97年度优秀设计一等奖
15	全总职工之家扩建配套工程（98-035）	48000M	1998.11	专业负责人	获院98年度优秀设计一等奖，2002年度院优秀工程设计一等奖，2003北京市优秀工程一等奖，建设部优秀工程二等奖，2004年全国第十一届优秀工程设计银奖
16	烟台市体育中心射击馆	20000 M，7000人座	2000.04	专业负责人	获2000年度院优秀设计二等奖，2004年度院优秀工程二等奖，2006年度北京市优秀工程三等奖
17	河南省体育中心体育场	70000 M，50000人座	2000.08	专业负责人	获2000年度院优秀设计一等奖，2002年度院优秀工程设计一等奖，2003北京市优秀工程一等奖，建设部优秀工程二等奖
18	中国国家大剧院	300000 M	2003.09	专业负责人	无

（续表）

项次	工程名称	工程规模	完成时间	所负责任	所获奖项
19	南通博物苑（初设）	6000M	2003.09	专业负责人	无
20	中国科学院化学研究所	20000M	2002.12	设计人	获2003年度北京市优秀工程二等奖，建设部优秀设计三等奖
21	国家游泳中心（水立方）	90000M，17000人座	2004.03	专业负责人	无
22	天津水上中心（第一版初设）	50000M，12000人座	2004.11	专业负责人	无
23	广州大学城体育场、馆	25000M 体育场12000人座，体育馆4000人座	2005.08	审定人	无
24	内蒙古呼和浩特体育场	63000M，50000人座	2005.11	审定人	无
25	08年奥运会曲棍球、射箭及沙滩排球比赛场	曲棍球17000人座；射箭4650人座；沙排12000人座	2006.02	专业负责人	无
26	济南奥体中心体育场（第一版初设）	130000M，80000人座	2006.07	专业负责人	无

参考文献

[1] 叶列平主编.土木工程科学前沿.北京：清华大学出版社，2006

[2] Fuller Moore 著.结构系统概论.赵梦琳译.沈阳：辽宁科学技术出版社，2001

[3] [日]增田一真著.结构形态与建筑设计.任莅棣译，牛清山校.北京：中国建筑工业出版社，2002

[4] [美]爱德华·L·威尔逊著.结构静力与动力分析.北京金土木软件技术有限公司&中国建筑标准设计研究院译.北京：中国建筑工业出版社，2006

[5] [以色列]阿里埃勒·哈瑙尔著.结构原理.赵作周，郭红仙等译校.北京：中国建筑工业出版社，2003

[6] 布正伟著.结构构思论.北京：机械工业出版社，2006

[7] 郝曙光著.当代中国建筑思潮研究.北京：中国建筑工业出版社，2006

[8] 高立人，方鄂华，钱稼如编著.高层建筑结构概念设计.北京：中国计划出版社，2005

[9] [英] 安格斯·J·麦克唐纳著.结构与建筑.陈治业，童丽萍译.北京：中国水利水电出版社，2003

[10] [日]斋藤公男著.空间结构的发展与展望.季小莲，徐华译，牛清山校.北京：中国建筑工业出版社，2006

[11] [英]约翰·奇尔顿著.空间结构网格结构.高立人译.北京：中国建筑工业出版社，2004

[12] [日]日本建筑构造技术者协会编.日本结构技术典型实例100选.滕征本，滕煜先，周耀坤等译.北京：中国建筑工业出版社，2005

[13] [美]查尔斯·詹克斯，卡尔·克罗普夫编著.当代建筑的理论和宣言.周玉鹏，雄一，张鹏译，张媛，李雪校.北京：中国建筑工业出版社，2005

[14] 张钦楠著.特色取胜.北京：机械工业出版社，2005

[15] 易伟建，张望喜编著．建筑结构试验．同济大学姚振纲主审．北京：机械工业出版社，2005

[16] 陈岱林，李云贵，魏文郎主编．多层及高层结构CAD软件高级应用．北京：中国建筑工业出版社，2004

[17] 李瑞环著．辩证法随谈．北京：中国人民大学出版社，2007

[18] 《建筑结构》增刊．首届全国建筑结构技术交流会专辑．2006.6

[19] 《建筑创作》第07/2007期，第10/2007期.北京市建筑设计研究院主办